COLLE

Vincent Delecroix

Petit éloge
de l'ironie

Gallimard

© *Éditions Gallimard*, 2010.

Vincent Delecroix est né en 1969. Ancien élève de l'École normale supérieure, il enseigne la philosophie à Paris. En 2003, il fait une entrée remarquée en littérature avec un premier roman, *Retour à Bruxelles*. L'année suivante, il publie un recueil de nouvelles, *La preuve de l'existence de Dieu*, et un roman, *À la porte* : à la suite d'un stupide concours de circonstances, un vieil homme, ancien professeur renommé et irascible, se retrouve à la porte de chez lui, par un matin de dimanche ensoleillé. Cette insignifiante mésaventure se mue, au fil d'une promenade de moins en moins forcée, en un événement décisif... Ce roman a été adapté au théâtre par Marcel Bluwal et interprété par Michel Aumont. Vincent Delecroix est l'auteur de plusieurs essais sur le philosophe danois Søren Kierkegaard, dont il fait par ailleurs le personnage de *Ce qui est perdu* (2006), qui obtient le prix Valery Larbaud. Dans ce roman, le narrateur, pour se remettre d'une rupture, se lance dans une biographie de Kierkegaard, philosophe mélancolique qui n'eut qu'un seul amour. Au volant d'un minibus pour touristes danois, le narrateur poursuit ses aventures qui le mèneront en compagnie d'un vieil homme, d'un enfant pensif et d'un chat retors au seuil du renouveau. *La chaussure sur le toit*, suite de petits récits imbriqués les uns dans les autres avec pour fil conducteur une chaussure posée sur un toit parisien, paraît en 2007. En 2008, paraît dans la collection «L'un et l'autre», *Tombeau d'Achille*, un texte très personnel sur le héros de l'*Iliade*. Il a été récompensé par le Grand Prix de littérature de l'Académie française en 2009.

Découvrez, lisez ou relisez les livres de Vincent Delecroix :

LA CHAUSSURE SUR LE TOIT (Folio n° 4853)

CE QUI EST PERDU (Folio n° 4941)

I

Fragments

Apologue. Personne ne se souvient plus de la manière dont on réussit à capturer et enfermer cette bête, ni même du temps où cela se fit. Mais la cage était-elle trop étroite ? La bête trop féroce ? On comprit en tout cas que, à la laisser tourner rageusement en rond, ivre de colère et donnant furieusement du front contre les barreaux, on risquait gros. On trouva alors un moyen ingénieux. On lui fit d'abord apercevoir la lumière du jour, au loin, très loin ; puis on aménagea des couloirs labyrinthiques pour y mener et on fit en sorte que ces couloirs soient de plus en plus étroits. La bête s'y précipita. Il est évident que la dépense d'énergie que requérait une telle course vers la lumière, ainsi que le rétrécissement qu'imposait le diamètre des couloirs, n'a pas manqué de faire maigrir la bête, et même d'en modifier la constitution. C'est aussi que le temps considérable qu'elle avait dû mettre à s'extraire par là de sa prison — car ces couloirs étaient infinis — convenait à une mutation de l'espèce. En sorte que, lorsqu'elle est parvenue enfin à la lumière, elle était méconnaissable : petite, svelte, délicate et même chatoyante au dire de certains. De son passé féroce ne restaient que des canines acérées. Elle avait aussi développé d'autres qualités, comme l'agilité, la souplesse, la rapidité.

Mais tout cela est un conte, naturellement. Il est bien plutôt probable que la bête est encore enfermée et que, peut-être, ce qui a paru au bout du labyrinthe n'en est qu'un rejeton, plus faible et peut-être dégénéré. Le fait est, également, que la bête s'est en réalité déjà échappée, et qu'on a eu l'occasion de la voir en pleine lumière. Ses ravages ont été indescriptibles. Mais le plus inexplicable est alors qu'elle ait finalement réintégré sa cage. C'est sans doute que, fort heureusement, l'intelligence n'est pas la première de ses qualités.

Mais dans ce cas, on peut être persuadé que, tôt ou tard, elle s'échappera de nouveau. Certains cependant l'oublient. Certains s'imaginent qu'elle ne reparaîtra plus et ils en viennent même à penser qu'elle est morte finalement, affamée ou asphyxiée, qu'elle s'est, pourquoi pas, résolue d'elle-même à se laisser mourir. Il est évident que c'est ce qu'elle-même cherche à faire croire, et qu'elle peut toujours compter pour cela sur notre ignorance, notre aveuglement ou simplement notre bienheureuse capacité à oublier. Elle peut toujours compter sur notre amour des contes.

Elle néglige néanmoins, si c'est cela qu'elle escompte — mais *pense*-t-elle, simplement ?, nous n'en savons rien —, un détail qui mérite notre attention. Elle néglige l'existence de son propre rejeton. Or on pourrait bien supposer, cela s'est déjà vu, que celui-ci se retournera contre elle si elle tâche de reparaître au grand jour. Certains veulent élever d'ailleurs le rejeton à cette fin, en lui donnant à mordre chaque jour des bêtes qui, par un trait ou un autre, ressemblent à la mère, peut-être même d'autres de ses rejetons. Mais il ne faut guère se faire d'illusion.

Étant donné sa constitution débile et raffinée, il a peu de chance d'en venir jamais à bout, si jamais elle reparaît. Pas plus, sans doute, qu'il n'a la capacité de lui interdire la sortie. On a remarqué d'ailleurs qu'il était finalement presque impossible de l'apprivoiser réellement : il garde de ses origines une propension certaine à mordre la main qui le nourrit. Nous devrions peut-être nous y résigner. Mais certains vont jusqu'à prétendre qu'il faudrait se débarrasser de lui aussi, purement et simplement (faute sans doute de pouvoir se débarrasser de la mère).

Alors, nous autres, nous cultivons un espoir plus modeste mais plus raisonnable. Peut-être espérons-nous confusément qu'un tel rejeton serait au moins capable de l'attaquer, peut-être même de l'assaillir sans répit ou de lui mordre le jarret. Mais surtout, nous nous persuadons d'une chose, au moins : le rejeton donnera l'alarme.

*

Une goutte de poison jetée dans le langage.

Ce qui est absolument dépourvu d'ironie : un saint, une huître, le Mal absolu, les horaires de chemin de fer, la Loi. (Si l'on peut indéfiniment allonger cette liste, s'inquiéter.)

L'ironie crucifiée. Le mauvais larron : et ton Père, que fait-il ? Il est occupé ailleurs ? Jésus ne répond pas, il préfère parler à l'autre, celui que ça ne fait pas rire. On le comprend. Mais peut-être le premier n'était-il pas si méchant, simplement impénitent. Et finir sur un mot d'esprit, même mauvais, ce n'est pas si mal.

L'ironie, c'est l'ensemble des sons que produit le langage avant qu'il ne soit accordé sur la note juste. Ça grince.

Esprit français : croire qu'il y a un esprit français.

Que l'ironie soit l'arme des réactionnaires comme celle des révoltés devrait certes nous faire réfléchir. Il reste à espérer qu'elle finisse par péter à la figure des premiers, ce qui n'est pas une espérance vaine compte tenu des effets de la sénilité.

Le goût rance de l'écriture fragmentaire, héritée de l'ironie romantique. Son côté attrape-nigauds, en revanche — laisser entendre qu'il y a de la profondeur où il n'y a, au mieux, qu'une économie de moyens de pensée —, se laisse plus facilement accepter : peu importe que l'auteur n'ait en réalité rien pensé, si nous pensons à sa place en lisant. Mais la pose reste difficilement supportable. Or il faut que cette irritation demeure.

On devrait accorder plus d'admiration au martyre de l'ironiste. Cette patience qu'il s'impose, cette retenue, ce plaisir dont il se prive, quand il ne rêve au fond que de dire : abruti, crétin, bouffon, blaireau, imposteur, connard, pauvre truffe. Dans ce martyre, sa seule consolation est de savoir que ceux qui pratiquent l'insulte sont généralement des connards, des bouffons ou des abrutis.

I. Fragments

L'ironie relève en effet de l'exercice de tir. Mais avec un silencieux.

Part. vd. pour cause de rechute dogm. mach. à dégonfler, à déboulonner, scier, chatouiller, rafraîchir, rouiller et dérouiller, adapté à tt type matériaux. Convient aussi pour éclairer. Bel obj. décoratif. Cons. modeste mais usage délicat. Livré ss mode d'emploi. Conserver hors de portée des enfants. Pas de date de péremption.

L'ironie n'apprend rien, si ce n'est peut-être la manière d'en user. Et peut-être aussi l'idée qu'elle ne nous apprend rien.

Même morts, nous sommes encore victimes de l'ironie de la nature. Les ongles du cadavre, ses cheveux, qui continuent à pousser. (De sorte que, quoi qu'on fasse, les hommes arriveront mal rasés, et les femmes décoiffées.)

Que préférez-vous ? Que l'on vous pique ou que l'on vous *assomme* ?

L'ironiste a un mauvais fond, c'est entendu — et cela s'entend. Mais le fond est toujours mauvais.

On pourrait regarder l'existence comme un pub anglais. Il y a un moment où vous cessez de jouer dehors, au grand air, et où vous avez conquis le droit de vous enfermer dans un endroit d'où vous ne ressortirez qu'à quatre pattes. Entre-temps, vous aurez trompé l'ennui en vous abrutissant et surtout en parlant. Mais surtout, surtout, il y aura eu le jeu de fléchettes.

Caïn : « Suis-je le gardien de mon frère ? » Nous payons encore son (mauvais) sens de l'humour.

« Ne pas se fier aux apparences. » Celui qui imagine que c'est là la devise de l'ironiste, le mot d'ordre de sa lucidité, et qui imagine d'ailleurs lui faire par là un compliment, ne fait que le confondre avec un commerçant méfiant, c'est-à-dire son contraire. Les apparences sont l'enchantement de l'ironiste.

Verser une goutte d'ironie dans la coupe du langage. Bien remuer afin que le trouble momentané se dissipe. Servir froid. Ne pas hésiter à en boire soi-même, même si cela n'immunise pas.

L'ironie réclame la détestable pratique de l'entre-soi et simultanément elle exclut. En amont, elle exclut celui qui ne partage pas à la fois la connaissance des codes linguistiques et celle du fonds de références auquel il est fait allusion. En aval, elle exclut puisqu'elle sépare la victime d'un tiers qu'elle vise toujours d'un air entendu et qui, lui, perçoit l'ironie. Au centre, elle ridiculise.

Compte tenu des paramètres et des effets évoqués à l'instant, on ne saurait trop recommander à l'ironiste d'exercer sur lui-même ses talents. Il aura le bénéfice à la fois d'un parfait entre-soi et de s'exclure lui-même. Il peut arriver cependant que les deux moitiés de lui-même qu'aura produites cet exercice ne coexistent pas tout à fait pacifiquement. Mieux vaut que l'une ignore la présence de l'autre. Il se réservera pour l'autre vie le spectacle comique d'avoir été la dupe de lui-même.

William James : « La religion est hostile à l'ironie légère. » Notre problème est plutôt qu'elle est très favorable à l'ironie grave. Et même à l'ironie sinistre : celle de Dieu, en particulier.

Un bon mot devient facilement méchant. Il suffit de le confondre avec l'ironie : ça l'agace.

L'Ancien Régime du langage ? Mais aussi le langage au régime.

Que les femmes qui tâchent par tous les moyens de se rajeunir soient celles qui offrent le plus de ressemblance avec le masque de la mort. Mais c'est dû au fait que la mort elle-même s'obstine à ne pas vouloir vieillir.

Renan : « Nous devons la vertu à l'Éternel ; mais nous avons le droit d'y joindre, comme reprise personnelle, l'ironie. » Reprise personnelle doit être la périphrase de vice.

Si l'ironie est le négatif, et la mort le négatif absolu, alors la mort est l'ironie au carré. C'est sans doute la raison pour laquelle elle ne nous fait pas rire.

Socrate était un maître en ironie. Étant donné que l'ironie défait toute parole de maîtrise, il devait se tenir en piètre estime. Heureusement, il savait en rire.

Avant de se lancer dans un éloge complaisant et irresponsable de l'ironie, penser à l'inscription « *Arbeit macht frei* » sur le portail du camp de concentration.

On voudrait faire des distinctions entre l'ironie, l'humour, la plaisanterie, la dérision. Elles sont légitimes, à condition de voir que toutes proviennent d'un premier détachement, qui est l'ironie.

Imaginer Dieu refermant sur Adam et Ève la porte du jardin d'Éden, et pouffant de rire.

« Au moment où j'allais le ridiculiser, tout esprit m'a abandonné. Alors j'ai tourné mes yeux vers le ciel, et j'ai applaudi. »

Le fastidieux d'un petit éloge de l'ironie : la millième critique ironique des bobos, des animateurs d'émissions littéraires, des vieux grincheux, des donneurs de leçons, des imposteurs de tout poil, des intellectuels vaniteux, des arrivistes et des parvenus, des publicistes, des footballeurs, des artistes contemporains, des démagogues, des rebelles mondains, des chanteurs, des bécasses, des Parisiens, des écrivains à la mode, des bouffons médiatiques, etc., etc. Puis on étendra au moindre détail quotidien de la vie de n'importe qui, étant donné que rigoureusement personne n'est à l'abri d'offrir matière à ironie. Cette extension illimitée, qui constitue un fonds de commerce inépuisable, est en réalité une réduction et cette réduction de l'ironie à une micro critique sociologique ne mérite elle-même qu'une critique sociologique. Tout ce qui reste du grand jeu de l'ironie.

De Diogène, on disait qu'il était Socrate devenu fou. Songer à l'ironie cynique des puissants : Socrate non pas fou mais chef d'entreprise, conseiller présidentiel. Mais gagnerait-on à en faire un comédien ?

Sainte-Beuve : « De toutes les dispositions d'esprit, l'ironie est la moins intelligente. » Sainte-Beuve se pensait très intelligent.

Pour qu'il y ait de l'ironie, il faut quelqu'un qui ne comprenne pas l'ironie. C'est plus drôle, mais en même temps plus frustrant à mesure que croît le nombre des dupes. Est-ce qu'on peut considérer qu'une ironie qui reste à jamais celée pour le monde entier est une ironie absolument parfaite ? Elle est à la fois parfaite et complètement ratée, si en tout cas elle vise un effet. Il reste la consolation d'être le seul au monde à l'avoir goûtée. Mais qui est capable d'une telle abnégation ?

La « blague supérieure » de Flaubert : l'horizon absolu de ce qui renonce à l'absolu. (Il est en outre évident que, si elle existait, elle ne ferait rire strictement personne.)

Cette phrase ne manque pas de sérieux. Cette remarque est ironique. Cette phrase est sérieuse. Ce qui ne manque pas d'ironie.

La chose la plus touchante, sans doute : voir un ironiste brusquement baisser la garde, par exemple sous le coup d'une émotion irrépressible. Il apparaît alors plus chétif, plus nu, plus naïf, plus sentimental, plus vulnérable que quiconque, comme un hérisson qu'on aurait déshabillé. Si l'on veut un exemple de l'innocence la plus pure, celle même que le saint ou le bon n'offriront jamais, c'est à ce moment qu'il faut la saisir. On dirait qu'en lui tout est plus neuf et plus vibrant. En même temps, il est difficile de ne pas rire de ce qui lui arrive.

On peut considérer que l'illusion religieuse a été l'un des instruments les plus efficaces de la civilisation, à la fois pour réprimer les pulsions et pour offrir un dédommagement satisfaisant à un sacrifice difficilement tolérable sans cela. En conséquence, on pouvait craindre que l'ironie ne fasse dangereusement sauter le verrou. Elle lui a en réalité substitué une soupape. Dieu merci.

Faire du trébuchement un pas de danse.

Se hâter de défigurer ce que le monde ne manquera pas de défigurer tôt ou tard. Et ainsi le protéger. Faire mine de le battre, pour que l'on n'y touche pas. De le piétiner, pour que l'on n'y porte pas la main. Le cacher adroitement dans les replis du langage, pour que le langage ne puisse pas le débusquer. Mais il arrive alors qu'on ne retrouve plus soi-même la cachette.

Vaut-il mieux se couper un bras pour ne pas gesticuler ? (Et pour la tête, comment fait-on ?)

I. Fragments

Les ironistes sont des salauds. Et ceux qui ne les apprécient pas sont des cons. Étant donné qu'on ne peut apprécier l'ironie sans la pratiquer, on peut dire que l'humanité, une fois de plus, est divisée en deux catégories. Et que cela ne fait pas son affaire.

Peut-on être inconsolable de ce que l'on n'a jamais connu ?

L'ironie commence au moment où le mot d'esprit sort ses griffes. Si l'on craint les blessures, ne jamais réveiller un mot d'esprit. Mais il ne dort jamais.

Commencer à ironiser, c'est ne pas jouer le jeu, ou le fausser, et montrer qu'on refuse d'entrer dans le jeu. Et comment le montre-t-on ? En jouant un jeu.

Faire la liste, pour chaque journée, de toutes les situations ironiques. Si cette liste ne recouvre pas exactement la liste de toutes les activités de la journée, de tous les événements survenus, et de toutes les paroles entendues et prononcées, quelque chose cloche. Recommencer.

Ça ne me fait pas rire. — Mais qui vous dit qu'il faut rire ? Une ambulance du SAMU qui a un accident, ça vous fait rire ? Croyez-vous que le tremblement de terre de Lisbonne a fait rire les encyclopédistes ?

Que la philosophie ait commencé avec l'ironie, on sait bien que c'est faux. Mais on dira que chez les présocratiques la parole était non seulement prise encore dans le mythe, dans la poésie, dans le magique peut-être, mais encore *affirmative*. Cette affirmation était si forte qu'elle avait l'éclat du sacré. Le laid Socrate l'a dépouillée, mais il lui a surtout adjoint le point d'interrogation. La philosophie a commencé à s'enorgueillir de son ignorance et de son impuissance ; la parole a pris un air moins franc. Elle n'a cessé depuis ce temps de vouloir reconquérir, mais en vain, son prestige passé, son noble et hautain visage. Elle ne pouvait plus en porter, éventuellement, que le masque dogmatique. Mais même dans les affirmations les plus assurées d'une philosophie se considérant comme science, on voit poindre le point d'interrogation, comme un défaut charmant ou repoussant. Comme la queue du diable.

Qu'est-ce d'autre que de voir un crâne sous le visage qu'on adore ? Ou une machine ? Et l'embrasser tout de même.

On dit de l'ironie qu'elle est une lame aiguisée et tranchante, qu'elle coupe. Mais ce sont plutôt ceux qui lui sont hostiles : ils égorgent et, surtout, ils *rasent*.

Se dépêcher de faire un trait d'esprit. Si possible l'écrire, et le faire imprimer. Le consigner dans un livre, par exemple un *Éloge de l'ironie*. Mettre sa signature. Car ces choses-là se fanent immédiatement, et on n'est pas à l'abri de se les voir subtiliser. Et surtout, on n'est pas à l'abri de n'en plus avoir. Ainsi on les garde à portée de main et la signature rend son usage aux autres compliqué. L'inconvénient est qu'il sèche dans les herbiers, et que la signature est un boulet qui l'empêche de voler.

I. Fragments

L'art de la pointe ou l'art de la chute ? En haut ou en bas ?

On peut bien considérer que l'ironie relève d'une délicate pudeur. Mais cela revient à exhiber une part de soi-même (son esprit) pour en cacher une autre (son cœur). Pour cacher leurs jambes, il arrive que des femmes tirent à ce point sur leur robe qu'elles découvrent leurs seins.

Tirer la langue à ce qui nous fait la grimace, est-ce bien sérieux ?

Ne jamais soulever le masque de l'ironiste : nous ne sommes pas prêts à voir ce qu'il y a en dessous, et qui d'ailleurs nous regarde. Une chose sans visage qui pourtant nous dévisage. Même la cruauté et la haine sont des masques de cette chose.

L'ironie voyageant. On sait qu'elle est partie de Grèce. Au XVIIIe siècle, elle s'est installée durablement en France (elle y avait de la famille au siècle précédent) où il lui est arrivé de mener grand train. Mais, à la fin, elle émigre : dans les dernières années du siècle et au début du XIXe, on la retrouve en Allemagne, où elle s'épanouit mélancoliquement et même connaît une seconde jeunesse. Sans doute revient-elle en France à la fin, dans les bagages du romantisme dont elle ne tarde pas à se débarrasser. Elle loge chez Flaubert, Villiers de L'Isle-Adam, Baudelaire, même Zola (elle n'est pas dégoûtée). Mais elle lorgne bientôt vers l'Autriche, et plus loin encore, vers Prague, vers la Russie. Elle en reviendra transformée, une fois encore. Sans parler de ses séjours en Angleterre, en Italie. Elle ne tient pas en place, finalement, et aime à porter divers costumes, nationaux ou de voyage. Et elle se déplace avec des animaux de compagnie ; l'absurde, par exemple, est l'un de ses derniers fidèles compagnons. Elle choisit rarement les routes les plus droites, voyage léger le plus souvent ; elle peut loger dans des bouibouis comme dans des palaces, où elle vous accueille souvent fraîchement (elle n'est pas d'un tempérament très chaleureux). Elle y laisse parfois des ardoises. Toutes ses circonvolutions, périples et zigzags peuvent égarer. Aussi a-t-elle toujours l'air de dire : « Vous me suivez ? »

Le taureau de Phalaris. Mais ce ne sont pas les cris de souffrance des victimes qui, en circulant depuis le chaudron brûlant dans d'ingénieux conduits, produisent ces chants si élégants ; ce sont leurs cris de rage et de haine.

« Je me fais fort de le ridiculiser. » Très mal parti.

« Un peu d'humour, que Diable ! » Très mal parti.

Faire la liste de ce et de ceux qui, de droit, méritent l'ironie. Si celui qui fait cette liste s'en exclut, il mérite d'en faire partie.

La dangereuse erreur de croire que, en pulvérisant le discours en petits fragments, on fait un office salutaire et que c'est le discours dominant, le discours totalitaire, le discours oppressif que l'on réduit ainsi en poussière et qu'ainsi on perpétue le noble dessein de l'ironie. C'est au contraire l'universelle domination actuelle qui pulvérise tous les discours. C'est en fragmentant toujours plus les discours qu'on domine. La forme actuelle du totalitarisme est la forme pulvérisée.

La tunique de Nessus. On croit que c'est un cadeau, elle tient chaud un moment (on peut même s'en faire une cuirasse) et elle n'est pas dépourvue d'élégance. Elle empoisonne à coup sûr.

Bossuet usant d'ironie dans ses *Sermons*, Pascal dans ses *Provinciales* : l'hommage de la vertu au vice, l'usage du vice pour la vertu. Dangereuse manipulation, car enfin, si l'on verse trop d'ironie, elle ne détruit pas seulement les aveuglements, les préjugés ou les sophismes, elle détruit tout ce qui prétend à l'absoluité — la vertu, la religion. (Il ne reste pas grand-chose après l'usage qu'en fait La Rochefoucauld.) Mais si l'on parvient à éviter cette fâcheuse conséquence, alors elles sont inexpugnables pour longtemps. (La bêtise de ceux qui *tonnent* contre la religion, contre la vertu.)

Wilde : « Donnez-lui un masque et il vous dira la vérité. » Et si on lui en donne deux ?

La vulgarité qui consiste à méticuleusement éviter la vulgarité. (On peut remplacer ici « vulgarité » par à peu près n'importe quel terme.)

Réduisant l'essence de l'ironie au fait d'exprimer une chose par son contraire, Freud en vient évidemment à constater la fréquence de cette opération dans le rêve. Si c'était vrai (c'est-à-dire si cette définition de l'ironie était exacte), ce serait un grand motif de satisfaction pour l'humanité : il n'y a pas d'âme si bornée ou si sérieuse qu'elle reste imperméable à l'ironie. Il y a dans le monde des quantités de Monsieur Jourdain, qui font de l'ironie sans le savoir : il suffit qu'ils dorment. Ce qui est justement une propension naturelle de leur esprit.

Faire de bons mots sur l'ironie, au risque de les rendre mauvais comme la gale.

Curieux de voir que pour mettre à nu il faut se déguiser.

Si vous craignez de perdre votre verve ironique, allez vous promener à Saint-Germain-des-Prés, arrangez-vous pour participer à une émission littéraire, rendez-vous à un vernissage ou aux vœux du président de la République, etc. Mais la dépense d'énergie est considérable (sans compter les frais de transport). On peut réaliser de faciles économies : il suffit d'acheter un miroir de poche.

L'alternative « Flaubert *ou* Stendhal », parmi les couples d'opposés dont est si friande une critique paresseuse (et il est piquant de remarquer que Stendhal lui-même moquait chez les Italiens cette obsession des oppositions artistiques binaires dont le voilà maintenant victime), peut tenir en grande partie non pas seulement à l'opposition entre deux modes de l'ironie ou entre deux ironies, mais aux conséquences littéraires de leur emploi. L'une tue, l'autre vivifie. Pourquoi ? (Cette remarque banale est faite à seule fin de construire une phrase trop longue et embarrassée à laquelle on adjoint une phrase trop courte, puis un seul mot.)

Ironie tragique : que, dans la formule « les lendemains qui chantent », on ait omis de préciser quel était le texte de la chanson. Mais est-ce une raison pour ne pas espérer un meilleur parolier ?

Les deux tiers de l'esprit ne servent à rien, si ce n'est à nous faire détester. Le dernier tiers sert donc à masquer les deux autres.

Croit-on qu'il est confortable de regarder le monde comme un spectacle ? Mais si l'on est mal assis ? Et si la pièce est mauvaise d'un bout à l'autre ? Et si l'on est enchaîné à son fauteuil ? Et s'il y a des courants d'air dans le théâtre ? Et si l'on a payé la place un prix exorbitant ? Et si les ouvreuses sont toutes laides ? Et si l'on n'a pas sous la main la moindre tomate, la moindre pomme pourrie ? Heureusement, on a toujours assez de souffle pour siffler.

L'esprit *singularisé*. Contradiction ?

Rien de plus désespérément plat, rien de plus ennuyeux, rien de plus conformiste que l'avis, répété avec une pénible régularité, selon lequel l'époque manque d'impertinence, qu'elle a un besoin vital d'ironie. Croire à l'universelle vertu rédemptrice de l'ironie est un *credo* à l'égard de ce qui ôte toute croyance. Et le plus pénible, c'est que cette contradiction n'est pas elle-même plaisante.

Quelle différence entre un recueil d'aphorismes et les pages roses du dictionnaire ?

Patrie de l'ironie (quel que soit le lieu où on la situe dans la géographie réelle). Y respire-t-on à son aise ? On peut s'y essouffler rapidement. N'y règne-t-il pas le plus souvent un froid *piquant*, qui gerce les lèvres ? Y prend-on des coups de soleil ? Le relief n'y est-il pas trop accidenté et peut-on faire confiance aux guides ? La population autochtone est-elle réellement accueillante, quoique brillante ? Est-ce que vous iriez passer vos vacances là-bas ? Se renseigner au préalable ne sert à rien.

Le culte moderne de la dérision n'est pas même le plus bas degré de l'ironie, mais son contraire. Manque de force. Au mieux, on y entend un gémissement, féroce et impuissant.

La clef du plaisir pris dans le trait d'esprit, dit Freud, c'est l'économie réalisée sur la dépense psychique. On se demande alors comment il se fait qu'on n'ait pas encore commercialisé un tel procédé. C'est sans doute qu'une telle économie demande une dépense considérable.

Infection : l'usage généralisé de l'ironie dans la publicité. Ce n'est pas la publicité qui en est infectée.

Certains voudraient que le langage fût un papier transparent — mieux encore s'il pouvait adhérer (film alimentaire, ruban adhésif). Ceux-là n'écrivent pas de livres, si ce n'est de mathématique, de logique, de physique ou de droit. Ceux-là ont toujours à lutter contre eux-mêmes lorsqu'ils parlent — et c'est sans espoir.

Certains l'imaginent noir ou blanc, et d'une opacité impénétrable. Ceux-là rêvent de livres absolus, de roman sans objet, de poésie hermétique. Mais c'est désespéré, car le papier est aussi plein de trous.

Certains, sachant qu'il est à la fois faiblement translucide et couvert de motifs, préfèrent le plier avec art.

Dire : « Je vous aime » sans sourire, « Je t'aime » sans bâiller. Le plus difficile.

Brusquement, sa maîtrise lui échappe ; le mot avec lequel il jonglait brusquement s'appesantit. Mais comme il ne veut pas le lâcher, il se laisse entraîner avec lui. L'émotion le gagne, malgré lui. Il y a dans ce mot une histoire, une force, une charge qu'il n'a pas mesurées, qui lui viennent de bien loin et dont la gravité aura surpris sa manipulation. Il est bon que parfois le langage se joue de l'ironiste qui jouait avec lui. Cela lui rappelle la loi de la gravité.

L'ironie, dit Barthes, n'est rien d'autre que la question posée au langage par le langage. Mais laquelle ?

S'interdire l'usage du point d'exclamation, qui est au style ironique ce qu'une enseigne lumineuse au néon serait pour un lieu confidentiel, ou l'usage du cor de chasse dans un quatuor à cordes. Le point d'exclamation, comme on le voit à sa forme, est fait pour clouer. On ne devrait même pas le *voir* dans la parole. Mais c'est difficile ! (Quant aux points de suspension...)

Pour les Grecs, le personnage de l'*eirôn* était le fourbe, l'*hypocrite*, comédien porteur de masque. C'est un personnage de comédie. On doit donc considérer que, sur scène, il porte un masque représentant quelqu'un qui porte un masque.

Rien qui ressemble davantage à un trait d'esprit qu'un slogan. Rien qui en diffère plus. Ne pas percevoir la différence, c'est se mettre soi-même les menottes.

De l'usage de la ponctuation dans le genre de l'aphorisme et de la maxime ironique. Sa *valeur* (comme on dit en musique) relève de la poésie pour le rythme et la scansion, de la prose pour l'articulation logique, la constitution du sens et l'effet rhétorique. C'est un troisième régime, tout à fait distinct. De son usage correct et inventif dépendent à la fois la pointe, la chute, le paradoxe, le contraste, la surprise, le piquant, l'éclat. Les points et les virgules y ont une *signification* autant que les mots.

Que la légèreté ait un poids.

L'ironie consiste à ruser avec l'ironie du sort.

Prenez l'ironie. Mettez-y une pointe de bienveillance, vous obtenez de l'humour. Rajoutez une touche de désespoir, vous produisez de nouveau de l'ironie. Adoucissez : humour. Un peu de sel : ironie. Un peu de chaleur : humour. Refroidissez : ironie. Si cette manipulation vous paraît fastidieuse, gardez le silence et laissez faire les autres.

I. Fragments

Ceux qui reprochent à l'ironie sa méchanceté et son agressivité veulent avoir les mains libres.

Freud distingue mot d'esprit « innocent » et mot d'esprit « tendancieux ». Et ensuite montre qu'il n'y a rien de moins innocent qu'un mot d'esprit.

Comme par ailleurs il note que le mot d'esprit innocent fait rarement rire et seulement sourire et qu'il faut bien reconnaître que l'ironie fait rarement rire et seulement sourire, on en conclura que l'ironie est parfaitement innocente.

Le langage en habit de fête, qui se fait admirer, avec un poignard à la ceinture.

Sur la façade de l'orgueilleux bâtiment qui abrite le journal *Le Monde* (le fait qu'un journal s'intitule « Le monde » peut aussi parfois revêtir un caractère sinistrement ironique), on peut lire un peu de prose hugolienne. Entre autres, ceci : « Le diamètre de la presse, c'est le diamètre de la civilisation ». Il veut dire son tour de taille ? (On pourrait aussi, parfois, envisager un paradoxe physique qui fait que, curieusement, plus le diamètre du nœud coulant est large, plus on est étranglé. Dans cet étranglement, on pousse beaucoup de petits cris, beaucoup de sons à peine articulés, on roule des yeux, on tire la langue. L'inconvénient est que, si l'on resserre le diamètre, on est aussi étranglé.)

Comparer les onomatopées « Wouaihaaah », « hé hé » (ou « hi hi ») et « hmm ».

Regarder l'ironie en face, est-ce possible ? Il est déjà difficile de lui ôter son masque. Et puis, soit elle dissimule son visage, soit elle en a deux. Le plus souvent de profil. Et si, par impossible, elle se montre de face : un œil clair, un œil noir. Sans parler du sourire. Le plus curieux est que tout cela fait un visage plein de séduction.

Rousseau, à propos du droit du plus fort : « droit pris ironiquement en apparence, et réellement établi en principe ». C'est à peu près la seule fois où les tyrans font preuve d'ironie — et c'est pour lui clouer le bec.

Rien ne fait plus de ravages que l'obsession du bon goût, si ce n'est le mauvais goût. Et inversement. (Air connu.)

Quelqu'un parle, ses mots s'envolent, plus ou moins lourdement. Un ironiste à l'affût décoche un trait. Touché : les mots s'abattent au sol, entraînant le trait dans leur chute. Si l'ironiste a mal visé, c'est lui qui prend le trait et c'est justice. Mais il arrive aussi que le trait soit décoché avec une telle force que, traversant le corps des mots, il continue sa course et plane, libre, dans le ciel où on peut l'admirer un bon moment avant qu'il ne retombe, un ou deux siècles plus tard. Dans certains cas exceptionnels, il parvient même à s'arracher définitivement à la gravité. Certains, entre les deux, tournent en orbite autour de l'humanité. D'autres, enfin, sans doute destinés à cette fonction, se fichent dans le Ciel. Ils brillent comme des étoiles.

Méchanceté : ironie déplumée. Cynisme : ironie défigurée (ironie à gueule de chien).

Tirer sur une ambulance est contraire à l'ironie. Mais elle ne sait pas conduire non plus.

La contradiction de l'ironie, chez Stendhal. Quand chez Flaubert c'est essentiellement le sérieux qui fait les frais de sa verve, son ironie à lui est indissociable d'une accusation contre l'ironie, c'est-à-dire contre l'esprit *français*. La France, qu'elle soit vue par ses personnages depuis l'Italie fantasmée ou même l'Allemagne (*Mina de Vanghel*), est la patrie de l'ironie méchante et de la vanité du bon mot. Depuis que la passion napoléonienne n'y est plus de *mode*, elle a renoué avec le petit sourire de l'Ancien Régime finissant. Là, la passion, les grands mouvements de l'âme, la spontanéité et jusqu'à l'amour du beau se dessèchent ; le culte du bonheur y est incompréhensible et impossible à servir ; le « romanesque » est ridicule. L'ironie stendhalienne est pleine d'un regret spirituel, et elle voudrait bien aussi oublier d'où elle vient. Stendhal est un Français à l'étranger, inconsolable d'avoir de l'esprit, rêvant d'avoir une âme.

L'incroyable florilège constitué par Freud dans *Le mot d'esprit et sa relation à l'inconscient*. Mais plus on avance dans sa lecture, plus s'impose à l'esprit l'idée que c'est la totalité de l'œuvre de Freud qui constitue en réalité ce florilège — l'idée que *tous les cas* traités par le psychanalyste ne sont jamais en réalité autre chose que des traits d'esprit, ou, pour le dire encore plus vulgairement, des blagues et, le plus souvent, de très mauvaises blagues.

Y a-t-il une réelle différence entre ironiser sur Dieu et placer une punaise sur la chaise du professeur ?

L'ironie est sans doute ce qui nous sauve, mais c'est aussi tout ce qui nous reste. Ce qui nous reste d'un grand esprit, d'un grand cœur, de grandes idées dissoutes, de grands espoirs abandonnés. Ce qui reste d'une promesse de rédemption qui n'aura jamais été tenue. Si l'on oublie cela, elle ne nous sauve pas.

« J'ai saisi toute l'ironie de son propos. » Que signifie *saisir* l'ironie ? Avez-vous déjà essayé d'attraper une anguille avec des gants de boxe ? De retenir de l'eau dans vos mains ? D'embrasser un courant d'air ?

Avant de critiquer l'usage de l'ironie, se demander si l'on préfère l'usage du gourdin.

Sauter de mot en mot, comme on saute de pierre en pierre au-dessus du torrent. Mais ces pierres sont mouvantes et ne reposent sur rien.

On devrait davantage méditer le fait que ceux qui offrent le sourire le plus étrange, le plus étrange pour nous parce que sans doute le plus innocent, sont les aveugles. Tous nos sourires, à nous voyants à divers degrés, en paraissent la copie grimaçante.

Comme si, dit Barthes à propos de La Rochefoucauld, la fermeture de la maxime était aussi la fermeture du cœur.

I. Fragments

Ne pas se faire d'illusions : il n'est en réalité aucune parade contre les imbéciles, s'ils le sont vraiment, aucune victoire possible, aucune arme suffisamment efficace. Le seul succès possible, mais imparable, c'est de leur survivre. C'est une ironie naturelle qui demande simplement un peu de persévérance et une bonne condition physique.

La discrète suffisance avec laquelle l'ironie détermine ses ennemis.

Dans *Candide* : « on les mit dans des appartements d'une extrême fraîcheur dans lesquels on n'était jamais incommodé du soleil. » Comparer avec : on les mit au cachot. À quelle *condition* a-t-on le droit de rire (de sourire) de la périphrase de Voltaire ?

Ironiser sur Dieu et sur la religion n'est maintenant tolérable que dans la mesure où, avant de partir à la chasse, on doit essayer à vide les mécanismes du fusil et où l'on peut s'exercer préalablement au tir sur des boîtes de conserve rouillées. Mais c'est à la chasse qu'on rencontre Dieu.

S'envoler sur les ailes de l'ironie. Attention au vertige. Attention, surtout, à la *chute*.

C'est un fait consternant que le *premier* exemple qui vienne toujours à l'esprit pour illustrer l'ironie soit la phrase « Oh la belle journée ! » prononcée lorsqu'il fait un temps de chien. Au lieu de nous ouvrir à un continent, cet exemple nous referme sur un procédé mécanique — l'antiphrase — qui n'est au mieux que le plus immédiat ou le plus répandu des usages de l'ironie, et certainement l'un des plus pauvres. Un procédé qui n'ouvre pas à la multiplicité des significations et à l'incertitude délicieuse et féconde, mais qui ferme le langage sur une structure rigide de correspondance termes à termes. Non seulement c'est un mauvais exemple, mais ça exclut une bonne partie de ceux qui aiment la pluie.

Pourquoi diable, afin de se faire comprendre, brouiller une communication simple, directe et transparente, au risque de ne pas se faire comprendre ? À cause du diable, justement.

La compréhension, la maîtrise et la pratique de l'ironie constituent incontestablement un marqueur social discriminant. Au même titre que la maîtrise des registres de langue, la richesse du vocabulaire, etc. Mais cette maîtrise offre en outre la possibilité de débusquer toutes les positions de domination qui se fortifient du langage et de dénoncer les marqueurs sociologiques.

Le malheur du monde tient à ce que l'on croit que certains mots désignent des réalités. Ainsi : « Toujours », « Jamais ». Mais quand on ne le croit plus, le malheur vient.

Un signe inquiétant : la prédilection de l'époque pour l'épigramme, le fragment, l'aphorisme, le trait d'esprit. Ces formes conviennent en tout point à l'ère journalistique et sont, techniquement, plus aisément manipulables que les grands corps des discours démonstratifs ou lyriques. Elles appartiennent à l'ère du bagage compact, de la rentabilisation de l'espace, de la vitesse, de la réduction à l'information, du résumé, du maniable. (Se demander pourquoi l'on a préféré lire cette partie du *Petit éloge de l'ironie* plutôt que le dialogue qui suit. Pourquoi, surtout, on a préféré lire un *Petit éloge de l'ironie* plutôt qu'un *Traité de l'ironie*.)

Comparer entre eux *Qohélet*, *Les proverbes* et le *Siracide*. Pénible impression, comme si l'on comparait la *Joconde* avec sa reproduction sur des porte-clefs.

La vie de l'ironie est brève, et on devrait la placer au rang de fragiles et délicates constitutions comme celles des papillons ou des éphémères. Le plus souvent elle ne survit pas à un changement de milieu et de temps ; elle est liée aux circonstances plus ou moins longues par un lien vital. Mais son destin est plus tragique encore : elle cherche à mourir, car elle vise la compréhension et la compréhension la tue en la dévoilant et en la traduisant. Freud use d'un mot glaçant : « rectifier ». La compréhension rectifie la contradiction, la tension, voire l'absurdité qui la fait vivre, comme des truands rectifient leurs victimes. Comprendre le trait d'esprit ironique, c'est magnifique et produit un grand plaisir — à peu près équivalent à celui d'écraser un moustique ou d'arracher les ailes d'un papillon.

« Nietzsche disait que », « Oscar Wilde dit que », « Romain Rolland affirmait, à propos de », « on trouve, chez George Bernard Shaw, la remarque selon laquelle », — et là, mettre la citation épigrammatique. Contradiction : la signature a valeur d'autorité.

Se méfier d'un ironiste qui porte un chapeau. Il le tire devant vous, en signe de respect ou de politesse et il en fait surgir un lapin, un diable de chat qui vous griffe, une rose pleine d'épines, une clochette, une traite, une plume, une paire de claques, une guêpe, un courant d'air, un gant, un paratonnerre, une luciole.

Un puzzle dont on ne connaît ni le modèle, ni le nombre exact des pièces, et dont on n'a pas la certitude qu'il n'en manque pas.

La nausée et l'écœurement que produit inévitablement, au bout d'un certain temps, la lecture d'aphorismes et de maximes — à quoi sont-il dus ? La trop grande variété ou la trop grande répétition ? La richesse des aliments ? Les à-coups et le halètement de la lecture ? L'agacement des organes du goût ? L'irritation de l'épiderme spirituel ?

Le pénible des ironistes, qui finissent toujours par nous parler de leur petit moi.

Que le cordonnier soit le plus mal chaussé, c'est une ironie dont on s'accommode. Que celui qui vend des chaussures soit celui qui n'a pas les moyens de s'en acheter et va nu-pieds est une ironie dont on devrait moins s'accommoder. Mais qu'il soit en outre celui qui a usé jusqu'à la corde ses semelles pour parvenir jusque-là, c'est-à-dire jusqu'à nos pieds, est l'ironie la plus intolérable. C'est sans doute la raison pour laquelle nous ne le regardons pas même dans les yeux.

La seule affirmation sérieuse (non ironique) plus efficace que l'ironie : « Le roi est nu. »

On peut considérer une bonne partie de la philosophie et la totalité de la théologie comme la tentative désespérée et prolixe de faire taire l'ironie divine. Il aura finalement fallu attendre les grands contempteurs pour rendre justice à ses talents.

Hébétude nerveuse. Acédie.

Une époque qui proscrit l'ironie ou la neutralise est certes la plus inquiétante des époques. Mais une époque, une culture, une société qui multiplie mécaniquement les situations ironiques — en particulier celles qui sont fondées sur le contraste — offre un symptôme à la fois clair au diagnostic et accablant. Un hôtel de luxe construit à la frontière d'un bidonville, un SDF qui couche à la porte de La Tour d'Argent ou sous l'inscription « Liberté, Égalité, Fraternité ». Il n'est malheureusement pas contradictoire que ces deux époques n'en fassent qu'une. Mais il est plus inquiétant encore que la seconde soit précisément celle qui voue un culte à l'ironie.

Appeler un chat « un chat ». Mais l'appeler alors sur un ton singulier.

La contradiction perpétuelle nous empêche de vivre ? Que l'on songe alors au cœur : diastole !

Non, systole ! Non, diastole ! Non, systole ! Non, etc.

L'ironie n'a aucune limite en extension, elle peut s'attaquer à tout, c'est-à-dire à tout ce qui peut être représenté dans le langage ; mais c'est aussi ce qui fait qu'elle a une limite : ses bornes sont celles du langage, même quand elle est silencieuse.

Il dit : « Comprenez-moi à demi-mot. » Et il s'étonne d'être à demi compris. C'est-à-dire pas du tout.

Dans la *Somme théologique*, saint Thomas, en bon docteur de l'Église, inscrit l'ironie au rang des péchés. Il n'entend d'ailleurs par là que le fait de se déprécier soi-même en paroles, ce qui certes pourrait bien être un mensonge mais ce qui, d'un autre côté, pourrait bien être aussi une vertu, puisque seul Dieu sait notre valeur et que l'on risque toujours de s'enorgueillir. Mais surtout, ce qui nous sauve, c'est que, avant d'arriver jusque-là (IIa - IIae, question 113, avec un arrêt à la question 73, pour la médisance), il nous faut lire tout ce qui précède, qui est considérable, pour ne pas dire interminable. Pendant tout ce temps, on pourra donc pratiquer l'ironie en toute innocence.

Mettre sur sa tempe un pistolet à bouchon. Hésiter à tirer.

Dans ce que Nietzsche appelle l'École de Guerre de la vie, là même où il a célèbrement pu constater que ce qui ne nous tuait pas nous rendait plus fort, on trouve des instructeurs plus ou moins bornés, on apprend avec plus ou moins de maladresse à manier des armes plus ou moins dangereuses. Mais on y apprend rarement que la vie n'est pas une École de Guerre. Peut-être apprend-on cela sur le champ de bataille.

N'ayant pas de main pour empoigner la réalité, j'y donne du front.

Pour pratiquer l'ironie, ne pas regarder à la dépense — autrement dit, être en fonds et s'attendre à ce que cela vous coûte cher. Parmi les dépenses incompressibles, et mis à part celles de l'esprit, penser à la garde-robe, aux produits de beauté, au maquillage.

Plus facile de faire long que court. Comparer avec d'autres pratiques.

À chaque malheur qui survient, réserver sa douleur et surtout l'expression de la douleur pour un plus grand malheur à venir. L'ironie en est le moyen. L'ironie de la chose est que, lorsque ce grand malheur survient finalement, on a du coup épuisé toutes les ressources ironiques.

« Tout est dit » — suicide de l'ironie.

Se rendre sensible au caractère ironique que l'époque, par ses changements, confère à des affirmations qui ne l'étaient pas originellement. Mais plus encore s'inquiéter des époques qui donnent à des affirmations ironiques un caractère littéral. Exemple : « Assommons les pauvres. »

Que le fils du Dieu vengeur soit celui qui prêche l'amour universel ressemble fort à une crise d'adolescence. (La punition néanmoins a été assez sévère, pour ne pas dire disproportionnée.)

Pour un éloge actuel de l'ironie, voir l'« éloge du Vieux Con » par Jean-Marie Laclavetine, dans son *Petit éloge du temps présent*.

Le fait que l'ironie ne soit sans doute pas la dernière marche de l'esprit, mais son premier échelon indispensable, tient au fait que, pour monter dans la voiture — qu'elle soit carrosse, bétaillère, voiture de sport — qui nous fera voyager, découvrir du pays, mais surtout nous arracher à la terre natale dans laquelle nous pataugeons et dans laquelle nous nous vautrons, il faut un marchepied. Il est tout aussi vrai que, une fois montés, il nous est impossible d'en descendre.

Si elle n'est pas désespérée, l'ironie n'est qu'une vaine jonglerie.

Que ce qui met un terme arbitraire à cette interminable succession de remarques soit simplement la date limite de remise du manuscrit imposé à l'auteur par l'éditeur (le 15 mars 2010, et non le 16 ou le 15 août 2012) constitue une ironie supérieure qui doit rendre modestes toutes les prétentions de l'esprit ironique et qui en manifeste aussi clairement l'essence. Le fait est que si l'auteur avait eu pour projet de rédiger un traité de la nature humaine, une philosophie du savoir absolu ou la recette des champignons à la grecque, il n'y aurait jamais été confronté.

(*N.d.É. : l'auteur a rendu ce manuscrit avec quinze jours de retard.*)

II

Dialogue

Lui — Donc, un éloge de l'ironie ?

Moi — Un *petit* éloge. Une forme modeste. L'ironie est une forme mineure, ou un ton mineur.

Lui — N'empêche. Un éloge sérieux de l'ironie, voilà une idée boiteuse.

Moi — Faut-il être amoureux pour faire un éloge de l'amour ?

Lui — C'est préférable, bien que, en l'occurrence, certains parlent très bien de ce qu'ils font très mal. Mais ici, la contradiction est flagrante, et intenable, puisque l'ironie est une qualité du discours : vous allez commencer par exclure l'ironie de votre discours pour mieux en parler ?

Moi — Mais faut-il alors choisir : soit l'ironie, soit l'éloge ?

Lui — Un éloge ne demande-t-il pas franchise, sincérité ? Il doit être entier, sans esquive, sans obliquité, sans arrière-pensée ou arrière-dire. Telles sont les conditions du genre épidictique[1].

---

1. Cette phrase est fausse : l'ironie appartient elle-même de plein droit au genre épidictique, celui de la louange et du blâme.

Moi — Épidictique ? Diable, avec un mot pareil, en tête d'un livre, nous allons perdre tous nos lecteurs. Ils ouvraient ce petit livre pleins de bonne volonté, cherchant divertissement, pointes, instructions sans pédanterie. Vous les assassinez de rhétorique. Je les vois : ils fuient.

Lui — Faites-leur vite des promesses. Dites-leur que, dès que nous aurons résolu ce petit problème, nous les divertirons. Mais la tâche n'est pas facile : rien de moins ironique qu'un exposé, rien de plus empesé de sérieux. Et puis quoi, *exposer* l'ironie ? Prétendre mettre en pleine lumière ce qui ne vit que du clair-obscur, de l'implicite, du détour, du défaut, de la chausse-trappe, de l'esquive, de la ruse, de la dissimulation partielle ? *Montrer* cela, c'est comme peindre le lutin avec le bonnet qui le rend invisible[1]. Ironiser c'est dire plus que ce que l'on dit, ou ne pas dire ce que l'on dit, ou dire autre chose que ce que l'on dit, ou le contraire. Ne pas *affirmer* (mais ne pas nier non plus). Ne rien *poser*. Donc ne rien exposer.

Moi — Avec de semblables formules, vous n'allez guère séduire. (Et cessez de mettre des italiques partout.)

Lui — Ce n'est pas mon affaire : c'est vous qui vous êtes entiché de ce travail. En tout cas, ne nous donnez pas le ridicule de nous faire discourir doctement, n'allez pas nous chausser de croquenots quand il s'agit de parcourir les délicates allées du langage ironique et la fragile marqueterie de l'existence ironique. Et si vous voulez attraper quelques

---

1. Kierkegaard, *Le concept d'ironie constamment rapporté à Socrate.*

traits d'esprit pour, encore palpitants et fragiles, les exhiber au patient lecteur, évitez l'usage du fusil à éléphant.

Moi — Vous avez des suggestions ?

Lui — Connaissez au moins la difficulté. L'ironie, c'est l'impondérable dans le langage, le courant d'air dans l'édifice du discours, l'ombre de la phrase. L'écriture ironique est par essence *entre* les lignes. Vous voulez la montrer ? Soit, voici alors l'exposé que je vous propose ; il exposera ce qu'il y a entre les lignes :

« »

« . »

Qu'en pensez-vous ?

Moi — C'est intelligent.

Lui — Vous avez raison, il y aurait peut-être mieux, qui nous renseignerait davantage sur le mécanisme de l'ironie, lequel consiste à affirmer quelque chose pour laisser entendre autre chose, autrement dit à dire ou écrire quelque chose de telle sorte que l'on barre ou biffe simultanément cette écriture (j'affirme ceci mais en réalité je ne l'affirme pas et bien plutôt je le nie, et j'affirme, ou n'affirme pas même, peut-être, autre chose). Ce qui pourrait donner à peu près ceci :

« ~~Je considère l'entreprise qui consiste à faire un éloge de l'ironie tout à fait bienvenue. C'est un projet original, qui n'a nul précédent, ou de si médiocres qu'il ne vaut pas la peine d'en parler. Il contri-~~

~~buera de plus à l'édification du lecteur, lequel en le lisant saura désormais comme il faut s'y prendre pour avoir l'air intelligent. Il ne contribuera pas moins à améliorer considérablement ses relations de bon voisinage avec son prochain. J'irai jusqu'à dire que l'humanité entière en sera redevable, puisqu'elle saura désormais traiter les maux qui ridiculement l'accablent avec la sage distance qu'il sied.~~ »

Moi — ~~Encore mieux~~. C'est-à-dire encore pire. Je crains que ces jeux ne nous aient déjà privés de la moitié de nos lecteurs. En outre, je suis assez chagriné que mon ouvrage commence par ces blancs et ces ratures.

Lui — Vous voulez plutôt signifier comment l'ironie est aussi l'art de parler à demi mots ?

Moi — No- ! J- vo- e- sup- . Ces- d- ridic- to- me-eff-. A- ! J- m- rep- déj- d'av- e- cet- id-. Ces- ce-enfanti-.

Lui — Un dictionnaire, alors ? C'est en général le plus pratique. Je veux dire que c'est manifestement ce qui se pratique le plus souvent. Et nous avons, avec le *Dictionnaire philosophique* de Voltaire, un modèle illustre. Voulez-vous que nous en énumérions les entrées[1] ?

---

1. **A** : Absurde, Astéisme, Attaquer, Autorité. **B** : Blague. **C** : Contradiction, Crédulité, Critique. **D** : Dandysme, Dérision, Dialogue, Dilettantisme. **E** : Éclat, Enfantillage, Épigramme, Esprit, Esthétique (stade). **F** : F... du monde (se), Fragment. **G** : Gag, Grain de sable. **H** : Hé hé, Humour, Hygiène (de l'esprit). **I** : Impertinence, Intrus, Irrespect. **J** : Jankélévitch, Jean-qui-rit et Jean-qui-pleure, Jeu. **K** : Kierkegaard. **L** : Langage, Lassitude, Litote. **M** : Méchanceté, Mélancolie, Moda-

II. Dialogue

Moi — Non plus. Mais, pour bien faire, c'est vrai, il ne faudrait pas en parler, mais en user.

Lui — Pourquoi pas un pastiche ? Oui, je vous suggère d'imiter Diderot, plus encore que Voltaire. Par exemple, on y mettrait en dialogue deux personnages, laconiquement désignés par « Lui » et « Moi », qui parleraient de l'ironie, ou même de tout autre chose, et la conversation irait bon train et n'épargnerait personne.

Moi — Un dialogue ?

Lui — N'est-ce pas par là qu'a commencé l'ironie, bien qu'elle ait eu chez Socrate un sens différent de celui des modernes ?

Moi — Non, non. Un dialogue serait fastidieux, ou artificiel. Et surtout le pastiche ne me plaît guère : c'est un exercice vain et vulgaire, toujours accompagné d'un clin d'œil lourdement appuyé au lecteur cultivé, celui qui sait à quoi s'en tenir, dans une espèce d'entre-soi tout à fait désagréable. Un entre-soi qui d'ailleurs se fait toujours aux dépens de celui qui ne partage pas cette même culture, ces références et ces codes, qui tombe dans le panneau, et pour lequel alors on affecte un mépris à peine dissimulé.

Lui — Eh bien, Monsieur, je le déclare solennellement : vous venez à l'instant de donner la définition de l'ironie.

---

lité, Morale. **N** : Négation, Nihilisme. **O** : Oh la belle journée, Original. **P** : Paradoxal, Peut-on faire un éloge de l'ironie ?, Piquant, Pointe. **Q** : Qu'est-ce qu'il dit ?. **R** : Répétition, Ruse. **S** : Sérieux, Socrate, Sort, Sourire. **T** : Ton, Tragique, Trait. **U** : Univoque, Utilité. **V** : Vachard, Vertige, Vif, Voler, Voltaire. **W** : Willis (la légende, pas l'acteur). **X** : X (signification =). **Y** : Y a-t-il quelqu'un qui trouve ça drôle ?, Yoyo. **Z** : Zététique, Zigzaguer, Zigoto.

Moi — Moquez-vous. Je ne ferai pas de pastiche, ni de dialogue et je laisserai Diderot à sa perfection, ou à ses enfantillages. D'ailleurs et soit dit en passant, allons-nous continuer longtemps à parler de cette manière, sur ce ton et dans ce style ? Je m'apprêtais à ferrailler contre les vieux kroums et les sentencieux ; et voilà que je porte une perruque.

Lui — Ne serait-ce pas comme une sorte de parc naturel, où l'on verrait l'ironie en semi-liberté, vivante en tout cas ?

Moi — Mais je ne fais pas un éloge de l'ironie pour des lecteurs nés entre 1710 et 1780. Et n'ai aucun goût pour les zoos littéraires, lesquels sont plutôt des galeries paléontologiques. J'entends d'ici les critiques. Au mieux, on trouvera ça plaisant.

Lui — Plaisant est un mot qui sied à l'ironie, pourtant.

Moi — Au pire : compassé, inutile, appliqué, sage, puéril. Pire que tout : exercice de style vain et rétrograde, vieillot. On peut très bien être ironiste et contemporain, que je sache, et l'ironie n'appartient pas encore au musée folklorique des traditions littéraires.

Lui — Certes non, elle ne s'est jamais aussi bien portée. Du moins le croit-on.

Moi — Je veux être MODERNE.

Lui — Vous pouvez, alors, faire un petit éloge mignon, avec un peu de poésie, des choses touchantes, drôles et émouvantes ; et puis aussi mener de courageuses attaques avec une épée en plastique contre d'odieux tyrans en carton. Vous allez pourfendre ainsi l'ordre moral, les prêtres en soutane, l'abomination inédite de l'intolérance, les vieux réactionnaires très très dangereux. Vous oserez même vous en prendre, comble d'audace, aux riches, aux puissants, qui déjà en tremblent et certainement ne s'en relèveront pas. On louera votre non-conformisme et votre actualité.

Moi — Vous trouvez plus intéressant de faire un éloge de l'ironie en livrée ?

Lui — Mais admirez la belle machinerie : imiter un dialogue ironique et montrer qu'on l'imite, n'est-ce pas faire de l'ironie sur l'ironie, de l'ironie à la seconde puissance ? Et même mieux : imiter ironiquement un dialogue ironique où il serait question d'un dialogue ironique sur l'ironie. Vous me suivez ? Une ironie à la troisième puissance. Et pourquoi s'arrêter ? J'en ai l'eau à la bouche.

Moi — Stérile. Fastidieux.

Lui — Ce serait, je crois, un beau trait d'esprit.

Moi — Vous trouvez ? Je le trouve pour ma part assez pesant. Et puis voilà bien Diderot, en effet, ou du moins ses tics agaçants[1], toujours content de montrer qu'il a de l'esprit.

Lui — Songez au bénéfice.

Moi — Le formidable bénéfice, en effet, qui consistera à égarer nos lecteurs et à les lasser plus vite encore que si nous déclamions sur l'ironie en vers réguliers. J'entends le lecteur qui soupire : ça va durer encore longtemps ?

Lui — Eh, c'est un risque à courir, en effet. Celui de l'ironie est d'être mal reçue, ce qui peut signifier deux choses opposées : être aigrement reçue ou

1. F. Schlegel, *Fragments critiques* : « Lorsque Diderot, dans son roman *Jacques* [*le fataliste*], fait quelque chose de vraiment génial, le voilà qui revient aussitôt en arrière pour raconter sa joie de ce que cela ait été si génialement fait. »

passer inaperçue. Pour éviter ce dernier inconvénient, il faut qu'elle se dénonce elle-même, autrement dit qu'elle vise à s'annuler. C'est bien là le paradoxe, n'est-ce pas ? Dissimuler mais montrer qu'on dissimule, car si on a trop bien dissimulé, tout tombe à l'eau, mais si on montre trop, ce n'est plus ironique. Quant au premier risque, il tient en effet à ce que le monde prise variablement ce genre de jeux : je ne veux pas seulement parler de ceux qui en font les frais, mais de ceux qui regardent ces jeux, comme je ne suis pas loin de le faire, pour de vaines contorsions de l'esprit. Pourtant je tiens l'idée du dialogue, outre la référence historique, pour justifiée, car il n'y a pas d'ironie qui n'implique une espèce de dialogue, un système de reparties, parce qu'il n'y en a pas sans *jeu* discursif. En outre vous montrerez l'ironie dans sa plus simple nudité, sa plus grande rusticité.

Moi — Vous trouvez ? La machine que vous proposez vous paraît simple, de pasticher un dialogue ?

Lui — Elle repose sur la tournure la plus simple de l'ironie, sans doute : la répétition.

Moi — La répétition ?

Lui — « La répétition ? »

Moi — Vous vous moquez de moi ?

Lui — « Vous vous moquez de moi ? »

Moi — D'accord, j'ai compris. Mais à cette aune, l'enfant qui répète comme un perroquet les paroles de son père est un brillant ironiste.

Lui — Brillant sans doute pas, mais ironiste, c'est en effet tout à fait probable, s'il le fait en conscience et en riant. Cela en est même touchant : voilà le premier développement de l'esprit — et la première fis-

II. Dialogue

sure dans l'autorité absolue, le premier détachement, la première distance, la première critique. Je le concède, c'est un stade qu'on gagnera à dépasser, à la fois pour le progrès de l'humanité et pour le bien-être des parents. Mais il se fait là un travail fascinant, si rudimentaire soit-il. Des choses considérables s'y décident. J'imagine qu'Adam dut faire la même chose, malgré sa simplicité et son abrutissement, avant même d'entendre la parole captieuse du serpent et surtout celle de sa femme. Tu ne toucheras pas au fruit de l'arbre de la connaissance du bien et du mal ? Une pointe d'ironie s'est glissée, une imperceptible distance, une innocente répétition qui eut raison de son innocence — pour notre malheur à tous, sans doute, mais pour la plus grande gloire de l'esprit. Nous sommes nés de l'ironie, plus sûrement encore que de la glèbe.

Moi — Vous avez décidé de faire un éloge de l'ironie ?

Lui — Vous n'aimez pas jouer ?

Moi — N'insistez pas. Je ne me résignerai pas volontiers à ce dialogue. Je ferai donc un éloge ironique de l'ironie, ne vous en déplaise. Et certes, je la montrerai en acte, en la pratiquant. *Loquere ut videam te*.

Lui — Du latin maintenant ? Je vois le lecteur froncer le sourcil. Il repose le livre. C'est fini, le voilà qui inspecte le livre d'à côté, où l'on n'emploie pas de termes grossiers ni de langue pédante.

Moi — Mais un éloge ironique, voilà qui peut le divertir.

Lui — Faire un éloge ironique, je vous l'ai dit, c'est faire une critique. Voulez-vous faire une critique de l'ironie ?

Moi — L'ironie, pardon, ce n'est pas nécessairement laisser entendre le *contraire* de ce que l'on dit ; c'est laisser entendre *autre chose*. Mais vous avez raison, cela est scabreux. Je procéderai donc autrement. Quintilien dit que l'ironie est le blâme par l'éloge ou l'éloge par le blâme ; alors je vais faire un éloge ironique du contraire de l'ironie. Un éloge, donc, de l'esprit de sérieux, de la platitude, du dogmatisme, de la bêtise, de la gravité ridicule, de la vie bourgeoise, de la cuistrerie, du moralisme, du bon sens satisfait, de la pesanteur, un éloge du mouton ou du bigorneau, du sentimentalisme, de la mièvrerie, des préjugés, des certitudes invétérées, de la dictature, du conformisme, de la pensée unique et sans inquiétude, de la croyance aveugle. Un éloge des pontifiants, un éloge aussi des mirliflores et des demi-habiles, des commandeurs austères et des bouffons modernes qui sont les gens les plus désespérément sérieux. Un éloge de ceux qui croient et de ceux qui croient ne pas croire[1]. Mais il ne faudra pas s'arrêter en chemin : un éloge aussi des âmes simples et sans détour, dont la vertu prendra les traits ridicules de la naïveté balourde ou de l'infatuation. Un éloge des amoureux sincères, que je peindrai en damoiseaux niais et bêlants. Il ne restera pas pierre sur pierre des édifices de l'admiration sans réserve et des sentiments profonds, des serments jurés et des enthousiasmes.

Lui — Vous ferez réellement un tel éloge ?

---

1. À quoi on ajoutera quelques éloges de circonstance [*remplir ici le blanc* :   ].

II. Dialogue

Moi — Non, je plaisante.

Lui — Commencerez-vous donc, oui ou non, à faire cet éloge ?

Moi — Mais ne l'avez-vous pas compris encore ? J'ai déjà commencé.

Lui — Je remarque qu'avec ces fastidieuses circonvolutions, nous ne savons guère ce qu'est l'ironie.

Moi — Mais ne savons-nous pas tous plus ou moins ce qu'elle est ? Vous infligerai-je la vaine cuistrerie de doctement définir, avec références et autorités, ce que tout le monde conçoit et pratique ? Je n'ai pas vocation à philosopher. Et un éloge, d'abord, porte sur la valeur. Voulez-vous que je fasse un *Traité de l'ironie* ? Ils sont faits, déjà, et bien faits. Voulez-vous des notes de bas de page[1] ? Non, je suis mon chemin, ne vous en déplaise : il est erratique, je le concède, mais pourra bien ici ou là fournir quelques sentences positives. En conséquence de quoi, je le proclame solennellement, on ne trouvera pas ici :

— de définition de l'ironie ;
— de liste des auteurs et des œuvres ironiques ;
— de typologies ;
— d'analyse linguistique.

Lui — Bref on n'y trouvera rien.

---

1. L'ironiste se considère lui-même, ou considère sa parole, comme une simple note en bas de page, dérisoire annotation au Grand Discours, insignifiante existence au regard des Géants de la Pensée, de la Science et de l'Histoire en général.

Moi — De quoi savoir peut-être pourquoi on fait tant de cas de ce petit je-ne-sais-quoi.

Lui — Donc, vous direz que l'ironie est belle, qu'il faut la cultiver, qu'elle est quelque grâce de l'esprit qui nous distingue du moins de la bête brute. Vous direz plus : qu'elle est non seulement belle mais nécessaire, qu'elle est le salutaire bien que fragile rempart contre la domination, le dogmatisme et l'oppression politique, qu'elle desserre les chaînes de la religion et du pouvoir, qu'elle enraye le fanatisme et chatouille les certitudes, qu'elle oppose aux esprits grincheux le sourire de l'esprit. Qu'elle est sage mais d'une sagesse plaisante, sans pompe et sans austérité farouche. Qu'elle est le sel du langage, du discours, le sel de la conversation, le sel de la société et même le sel de l'existence, en un mot le sel de la terre — en omettant de dire que le sel stérilise. Que tout est fade sans ironie, et tout est oppressant. Et vous ajouterez bien sûr qu'elle est plus que jamais nécessaire, parce que l'homme est toujours près de rechuter dans la bêtise et la haine, l'ignorance satisfaite et la veulerie dont on a chaque jour l'exemple, que les maux actuels, etc., etc. À quoi j'applaudirai finalement ; nous nous congratulerons mutuellement et le lecteur satisfait d'être lui aussi tenu pour un bel esprit (car qui voudrait se ranger du côté des âmes bornées que nous aurons moquées ?) fermera content ce livre. Et d'ailleurs tout le monde sera content, car il n'y a plus aujourd'hui personne pour tonner contre la liberté d'esprit et l'impertinence. Ce consensus est certes tout ce qu'on fait de plus paradoxal, car enfin il faut bien chaque fois que quelqu'un en fasse les frais, et puis l'on comprend mal que ce qui est la marge rebelle du discours en devienne le centre consensuel, mais c'est ainsi.

Moi — Je dirai d'abord qu'elle est une maladie, un poison.

Lui — Le plaisant tour de faire l'éloge d'une maladie.

Moi — C'est pourtant bien de cela qu'il s'agit. Et cette maladie, je le crains, est incurable, vous ne vous en délivrerez pas. Une fois contractée, rien ne l'extirpera de votre existence, vous y serez livré. Et quand vous vous croirez guéri, elle surgira de nouveau par accès terribles et mordants ; quand vous la croirez en sommeil, elle continuera d'instiller son venin. Voilà de quoi je fais l'éloge.

Lui — Vous comptez une fois encore épouvanter votre lecteur.

Moi — Lui cacherai-je la vérité ? Que cette chose-là est dangereuse et qu'elle pose sur toute chose un doigt qui flétrit, qu'elle contracte le plus innocent sourire en grimace, la plus belle assurance en inquiétude, qu'elle ne promet pas le repos mais la veille intranquille ? Qu'elle glisse entre vous et le monde un coin, une fracture irréparable et vous en détache toujours, même imperceptiblement. Que c'en est fait de votre innocence, qu'il y aura toujours dans votre douceur une pointe d'âpreté. Que, toute votre vie, vous aurez la nostalgie d'un temps où vous étiez simple et où vous habitiez le monde.

Lui — Une maladie, n'est-ce pas un peu exagéré ?

Moi — Comment autrement nommer ce qui est un *état* aussi bien qu'un procédé ? Un dérèglement sans doute dans votre constitution, et qui dérègle tout, l'usage du langage comme le rapport au monde, n'est-ce pas cela, la maladie de l'ironie ? Les symptômes : troubles de la perception[1] et du langage. Vous ne voyez pas les choses comme elles se donnent, vous parlez en oblique. Contraction de la mâchoire et irritation mélancolique de l'âme. Vertiges, tentation du rien. Ajoutez à cela l'enfermement en soi-même, auquel vous condamne ce détachement fatal à l'égard du monde, cette incrédulité malheureuse. Goûtez-vous le monde ? Il laisse sur vos lèvres une légère amertume. Le touchez-vous ? Il se mue en rêve mais ce rêve est de ceux que produit la fièvre. Voulez-vous y prendre appui ? Il vacille et se craquelle. Votre existence même vous fait l'effet d'une lassante plaisanterie. Les effets de cette maladie : avant tout une fatigue généralisée. Et puis : mépris courtois à l'égard du médecin, inefficacité des remèdes qui sitôt ingurgités voient leurs vertus altérées et même inversées. Et, comme pour toute vraie et longue maladie de l'âme, vous aimez votre maladie, qui vous bâtit et vous détruit simultanément, vous fait tenir debout mais en équilibre instable. Et pour le reste, si l'ironiste était capable de haine — mais c'est une contradiction — il ne haïrait rien tant que la bonne santé des solides natures, sottes ou satisfaites ou aveuglées ou même simplement droites et simples, franches et sûres ; s'il était capable d'envie — mais c'est une contradiction — il envierait leur bonheur serein ou même leur profonde peine, car lorsque ces natures sont jetées dans le malheur,

---

[1]. S. Kierkegaard, *Ou bien... Ou bien* : « Ma façon d'envisager la vie est complètement absurde. Un esprit méchant, je suppose, a mis sur mon nez une paire de lunettes dont un verre grossit démesurément et dont l'autre rapetisse dans les mêmes proportions. »

elles y sont tout entières. Mais il ne peut jamais les regarder qu'en souriant — jamais en riant ou en pleurant — et de loin. Comme tel malade regarde depuis sa fenêtre de chambre les hommes s'affairer dans la rue : les uns rient, les autres pleurent, les uns courent, les autres chutent. Peut-être voudrait-il les rejoindre, mais la maladie l'en empêche, il ne peut quitter cette curieuse chambre, d'où il voit tout à distance et sous un certain biais. Quant aux effets terminaux de la maladie, ils sont bien connus, et peu engageants : paralysie des muscles de la volonté, incapacité à jouir, amertume, inconsistance.

Lui — Le charmant éloge que voilà. Ne tirerons-nous pourtant pas quelque bénéfice de cette épouvantable pathologie ?

Moi — Nous lui devons de n'être jamais trop malheureux ; nous lui devons de n'être jamais heureux.

Lui — La formule est plaisante. Je doute qu'elle passe pour un éloge.

Moi — Je rêvassais, pardonnez-moi.

Lui — Vous voilà bien mélancolique, en effet. À ce propos, vous l'avouerai-je, je suis un peu surpris, sinon déçu. Puis-je parler avec franchise ? (Voilà une tournure qui ne doit pas vous plaire.) Je vous trouve un peu *mou*. Je vous dirai que ce n'était pas exactement à quoi je m'attendais, au début de cet entretien. Je m'étais préparé à autre chose — à, comment dire, plus de mordant. Qu'avez-vous fait de vos dents ? J'attendais des saillies, j'entends des soupirs. Trop d'ironie vous rendrait-elle sérieux ? Ou n'êtes-vous qu'un apprenti ironiste ? En fait, je vais vous le dire : je vous trouve trop *romantique*.

Moi — C'est dans le pedigree de l'ironie.

Lui — Soit, ce fut pour elle un nouvel âge d'or. Mais aussi ce piédestal sur lequel elle se tient, malgré son triste sourire, en divinité suprême et en *posture existentielle* me rebute un peu. Un mode de pensée : « La philosophie est la véritable patrie de l'ironie », écrivait Schlegel ; ce sérieux me glace. Je la préférais sautillante, impertinente, grinçante même, au siècle précédent. Elle a pris chez les Allemands, pardonnez-moi, un grand coup de sérieux comme on prend un grand coup de froid.

Moi — Cliché, cela, rien de plus décapant que Jean Paul ou Lichtenberg. Du moins n'est-ce pas le romantisme chlorotique. S'il est froid, c'est comme le sont les lames bien tranchantes, et jetant comme elles des éclats vifs.

Lui — Je ne conteste pas le brillant, le fulgurant raccourci du trait, le charme de l'image insolite, l'appoggiature de l'épigramme. Je ne conteste pas même le charme de cet esprit désenchanté. Mais ne sommes-nous pas en train de confondre deux choses bien différentes : le jeu verbal et la posture d'existence ? Par là on hausse des pratiques, des jeux, des usages linguistiques et des postures légitimes de l'esprit critique au rang de *vision du monde*.

Moi — La locution est ambiguë.

Lui — Soit, alors, je la prends au pied de la lettre (usage exactement contraire à l'ironie) : une façon de *voir* les choses.

Moi — Je dirai qu'elle est davantage une façon de se *tenir*. Par exemple : un pied dedans, un pied dehors. Peut-être même un certain maintien.

Lui — Mais, même alors, ne pourra-t-on pas lui opposer une ironie plus forte ? C'est-à-dire à la fois plus féroce et plus solaire, plus affirmative ? Plus libre.

Moi — Je doute qu'on en dépasse jamais la négativité — mais la négation n'est-elle pas le premier mouvement de l'esprit ?

Lui — Par parenthèses, je crains que séjourner dans l'ironie mélancolique ne fasse guère nos affaires. Je vous l'ai dit, le lecteur de bonne volonté, s'il en reste un, a saisi ce livre pour en tirer quelque butin. Ne lui livrerez-vous pas une provision de traits d'esprit, d'exemple piquants, et pourquoi pas quelques recettes simples ?

Moi — Je puis conseiller des lectures à ce sujet, encore qu'elles soient à manipuler avec prudence. Je n'engage pas ma responsabilité s'il se blesse lui-même, soit à lire, soit à parler. J'en dirai ce que Lichtenberg disait concernant la volonté de philosopher par soi-même, que c'est comme de se demander si l'on doit se raser soi-même : si on le peut, c'est une bonne chose, mais si on doit l'apprendre par soi-même, il vaut mieux ne pas faire le premier essai sous la gorge. Si par ailleurs le lecteur cherche ici de l'esprit, c'est qu'effectivement il en manque. Je n'en ai pas à offrir, ni n'en vends par correspondance : il faut le fabriquer soi-même.

Lui — À la bonne heure, je vous vois réagir, bien qu'insulter son lecteur ne soit pas non plus le meilleur moyen de se le gagner. Mais cela reste bien faible. Ne nous livrerez-vous pas un peu de pyrotechnie ?

Moi — Quand on me demande d'avoir de l'esprit, je n'en ai pas. C'est le seul moyen d'en avoir, quand on vous en demande. (Cela vous plaît-il, comme trait ?) Ce n'est pas qu'il me viendrait par hasard, comme une grâce intermittente et capricieuse tombée du ciel. Mais quand il est *attendu*, ce n'est plus de l'esprit et s'il se présente, il est tout défiguré. Ceux qui en font profession sont de sinistres pitres, et je ne parle pas seulement de la séquelle des humoristes professionnels. Quant à ceux dont c'est la marque de fabrique, je les plains, non pas d'avoir prostitué leur muse, puisqu'elle s'offre à qui elle veut et qu'ils n'en seront jamais ni les propriétaires ni les proxénètes, mais du mal qu'ils se donnent à masquer la contrefaçon. Cependant, faire même de l'esprit sur ceux qui prétendent en avoir me lasse aussi rapidement. Cela devient vite un exercice obligé et nous finissons par faire une marque de fabrique de moquer ceux qui en font une marque de fabrique. Laissons cela.

Lui — Allons, je suis prêt à moi-même faire les frais de votre habileté. Et j'étais prêt à combattre — car n'êtes-vous pas notoirement chevaliers de la pique, vous autres ? J'avais préparé quelques armes, qu'à dire vrai j'ai tirées de votre râtelier[1]. Et je sais d'ailleurs qu'avec vous, il faut être prudent dans le maniement des armes du langage : votre pratique consiste généralement à user de celles de votre adversaire, de sorte que plus lourdement armé on se présente à vous, plus on vous fournit d'équipement, quand vous-mêmes vous présentez tout nus ou presque. D'ailleurs, avec vous, il vaut mieux tout inverser. Par exemple : ne pas se défendre, car c'est précisément en se défendant qu'on vous prête le flanc. Ne pas être cuirassé, car vous faites en sorte que cette cuirasse nous étouffe. Combien en a-t-on

1. Au magasin des armes ironiques, on trouve : euphémisme, hyperbole, contradiction, prétérition, antiphrase, oxymore, litote. On trouve aussi le sourire, dans un coin naturellement.

vu, qui s'avançaient vers vous tout appesantis de leur franchise, tout caparaçonnés de leurs arguments — et c'est alors comme si vous souffliez dedans. Il faut être léger et courir vite, car vous n'aimez rien tant que les terrains accidentés et surtout les sables mouvants — et y en a-t-il de meilleurs, de plus collants et de plus fatals, que ceux du langage ? Et avec vous autres coupe-jarrets, il vaut mieux danser et sautiller que de se camper sur les deux jambes de son bon droit. Le noble face-à-face n'a pas votre préférence, je crois.

Moi — Vous ironisez sur l'ironiste ?

Lui — Vous m'accorderez que c'est de bonne guerre, ou plutôt de bonne guérilla, car la guerre ouverte n'est pas vraiment votre fait : vous lui préférez l'escarmouche et surtout l'embuscade — et si possible d'assez loin, on ne sait jamais. Certes vous perdez en héroïsme ce que vous gagnez en ruse, mais ce n'est pas là votre préoccupation, je suppose. Les héros sont gens ridicules, n'est-ce pas, qui croient bêtement à ce qu'ils font et qui pensent qu'il y a des choses qui valent qu'on leur consacre sa vie ? Nous n'en sommes plus là, fort heureusement. Quoi donc, on vous traiterait de lâches ? Pour la futile raison que vous n'assumez pas ce que vous dites ? Il n'y avait guère que ces benêts de Grecs pour se méfier de l'ironiste, le camper plutôt en hypocrite et rappeler que l'ironie, c'est d'abord la duplicité. Qu'il est impudent et balourd, le butor qui veut en découdre avec vous, comme ceux qui voulaient mordre Socrate à la fin de son entretien ! Et puis quoi, on aimerait naïvement que l'ironiste fût un peu l'objet de cette ironie qu'il exerce avec tant de verve sur les autres ? Quel mauvais goût.

Moi — Vous me faites un mauvais procès.

Lui — Vous voulez épargner à l'ironiste la désagréable et piquante situation d'être lui-même victime de l'ironie ? Un bon exemple de l'effet désastreux d'un tel scrupule est fourni vulgairement par le pathétique sérieux des « humoristes » professionnels, lesquels brusquement se drapent dans une dignité grotesque lorsqu'on retourne contre eux l'arme de l'ironie, en appellent aux sacrées valeurs de la liberté et de la critique, au caractère indispensable (selon eux) de leur fonction sociale et politique. Les voilà qui changent de visage, en prennent un qui ressemble à s'y méprendre à celui de leurs victimes. Les voilà qui professent des *opinions*, qui livrent tout un catalogue de vertus respectables. Les voilà prêts à manifester un sens extrême de la nuance, qui distingue complaisamment entre leur impertinence guillerette (et néanmoins profonde) et la méchanceté (*sic*) dont ils se trouvent honteusement victimes. S'ils ignorent ce qu'est en réalité l'ironie, qu'ils aient au moins le sens de l'humour. Que l'ironiste fasse d'abord sur lui-même l'épreuve de ce qu'il va infliger. C'est bien le moins de prendre des coups de patte quand on en donne.

Moi — Je ne comptais pas tellement m'esquiver. Je tâchais seulement de remarquer ce qu'il en coûte aussi de se faire ironiste. « La vie m'est devenue un amer breuvage que je dois cependant absorber comme des gouttes, lentement, une à une, en comptant[1]. »

Lui — Êtes-vous sérieux ?

---

1. S. Kierkegaard, *Ou bien... Ou bien*.

II. Dialogue

Moi — Je ne le sais pas moi-même. Vous conviendrez que c'est un inconvénient.

Lui — Soit, alors, je veux bien vous plaindre. Un peu. Cependant je soupçonne aussi que l'ironiste tire quelque gloire de cette étrange maladie. Et d'abord, quelque confort. Car vous êtes à l'abri, dans cette ironique distance, les choses ne vous touchent que de biais et jamais de plein fouet, n'étant jamais tout à fait dans le monde.

Moi — Cela est vrai, je vous l'ai dit : jamais tout à fait malheureux, jamais tout à fait écrasés, nous glissons sur le monde et le monde glisse sur nous. Nous n'y sommes pas, nous nous absentons, nous sommes ailleurs.

Lui — Où donc ?

Moi — Nulle part, au-delà, en deçà, sur le côté. Écoutez attentivement un ironiste parler : c'est comme s'il suspendait, au-dessus de son discours, un écriteau disant : l'auteur de ces paroles n'y est pour personne. Vous voulez le prendre au collet : est-ce réellement ce que vous pensez ? Affirmez-vous le contraire de ce que vous pensez ? Ou autre chose encore ? Dites-nous franchement quelle est votre position. Mais de position il n'y en a pas : on disait de Socrate qu'il était *atopotatos*, sans lieu. L'ironiste s'est absenté de ses propres paroles, anguille, lutin, fantôme : plus personne. Si c'est une maladie, c'est aussi celle de se rendre invisible, du moins insaisissable — car généralement, c'est par ses paroles qu'on saisit quelqu'un, comme par le coin de son manteau, mais ici le manteau de paroles vous reste entre les mains.

Lui — C'est bien pratique pour vous, vous ne risquez pas que l'on vous demande des comptes.

Moi — Je sais bien ce que vous entendez par là. Oui, vous avez raison, on voudrait qu'il fût un peu plus engagé. Mais ne vous y trompez pas : *larvatus prodeo*. Cette technique est peut-être le meilleur moyen d'avancer.

Lui — De vous retirer, plutôt. De vous extraire. C'est que je sens aussi une pointe d'aristocratique orgueil. Vous n'êtes pas du vulgaire, vous dites-vous sans doute, pour lequel les choses sont ce qu'elles sont ou du moins ce qu'elles paraissent être ; vous regardez de loin la comédie du monde. Ceux qui se satisfont du monde, le monde leur suffit et leur est tout ; mais c'est un mets bien trop rustique pour votre palais de gourmet (ou simplement pour votre palais blasé). Jugeant sans doute avec Rimbaud la réalité « trop épineuse pour [votre] grand caractère », vous faites un pas en arrière ou de côté : qui s'en contente se contente de peu et donne dans le panneau, âme bornée ou esprit myope. Certes vous avez sans doute l'élégance de vous moquer de vous-même, mais ce n'est que pour faire voir la vulgarité de ceux qui ne le font pas. Vous feignez la modestie pour votre propre compte, mais vous jetez avec orgueil cette modestie à la tête des gens, disant : quiconque ne tient pas sa propre existence pour dérisoire et sujet de plaisanterie n'est qu'un balourd et un aveugle, infatué et grotesque involontairement. Vous avez la prétention de n'en pas avoir. Vous affectez — c'est l'un des personnages que vous endossez à plaisir — de *jouer* le naïf, l'ingénu, mais c'est pour dire : c'est vous qui l'êtes. Et finalement, vous n'êtes pas loin de vous proposer en exemple au monde : modéré, plaisant, lucide, sachant juger d'un peu haut les affaires du monde mais sans vous piquer de cette sagesse ; et si vous n'approuvez jamais aveuglément, l'entêtement dans le blâme vous apparaît lui aussi risible. Votre misanthropie n'atteint pas ce degré de mauvais goût — même là, il s'agit de ne pas aller jusqu'au bout, Alceste finit par devenir ridicule. Je vous vois, un peu en hauteur, murmurer avec paternalisme : *mundus vult decipi*. Mais vous avez beau jeu, et n'est-ce pas simple pusillanimité ? Vous ne vous risquez jamais, vous n'êtes pas dans le jeu, et vous pouvez en effet jeter un œil mi-amusé, mi-condescendant sur ceux qui jouent, s'emportent de perdre ou s'enorgueillissent de gagner. Mais n'est-ce pas craindre de perdre que de ne pas parier ? N'est-ce pas simplement craindre de prendre des coups ? Oh le grand courage, qui consiste à rester sur le bord et regarder les autres se noyer, se débattre ! Oh l'héroïsme d'être confortablement installé dans la forteresse intérieure !

Moi — On s'y enrhume, à dire vrai, tout comme un autre, et plus encore qu'un autre : les portes et les fenêtres de cette forteresse sont ouvertes à tous les vents. Mais je vois que vous pratiquez l'ironie à merveille.

Lui — C'est bien ce que je dis : il ne faut guère de talent spécial pour cela, pardonnez-moi.

Moi — Et qui vous dit le contraire ? Elle est en effet à portée de tous, dès lors que nous disposons du langage, c'est-à-dire d'un peu d'esprit.

Lui — Ah ! Voilà lâché le grand mot, votre talisman, votre médaille, votre titre, votre lettre de créance pour la postérité : « Esprit ». Ah qu'il est alors gratifiant, pour soi-même et aux yeux des autres, de faire un (petit) éloge de l'ironie. C'est bien dire, et facilement, que l'on se suppose de l'esprit, pour lui rendre ainsi un culte. C'est se délivrer à soi-même, et sans trop de frais, un certificat d'intelligence. C'est se donner un billet d'entrée pour la société des beaux esprits. Je passe sur l'imposture et cette façon commode de s'adjoindre une parentèle illustre, sans trop lui demander son avis, d'ailleurs, ni avoir fait ses preuves. Sur cette manière de se fabriquer une généalogie flatteuse : jadis, on comptait les quarts de noblesse ; aujourd'hui certes, on exhibe plutôt des cartons d'invitation, des photographies où l'on est vu en compagnie ; mais entre les deux, il y a ces petits larcins d'héritage, ces petites falsifications, qui pour moi sont aussi répugnantes : faire l'éloge de Proust, de Flaubert ou de Joyce, n'est-ce pas une manière d'insinuer que vous faites partie de la famille et briller de leur éclat emprunté ? Faire l'éloge de l'ironie est du même tonneau, pardonnez-moi, sans même dire pour l'instant combien vous caressez l'époque dans le sens du poil. Voyez, vous dressez votre tente à côté de monuments ; vous fréquentez la même cantine que[1]

Moi — C'est que la cantine ne doit pas être trop mauvaise[2].

---

1. Flaubert, Musil, Baudelaire, Voltaire, Diderot, Lichtenberg, Jean Paul, Kierkegaard, Cioran (si l'on y tient), Tolstoï, Sterne, Hofmannsthal, Stendhal, Bernhard, Lautréamont, Chamfort, Schlegel, Schopenhauer, Kafka, La Rochefoucauld, Nietzsche, Pascal, Montesquieu, Swift, Kundera (*compléter la liste, si l'on n'a rien d'autre à faire*).
2. Lichtenberg, *Le miroir de l'âme*, D 249 : « Il m'eut agréé d'avoir Swift chez le barbier, Sterne chez le coiffeur, Newton au déjeuner et Hume, lui, pour le café. »

Lui — Plaisantez. Je soupçonne que la tête vous en tourne, ainsi qu'à moi je l'avoue. Pas un, même, que vous ne pourriez enrôler de gré ou de force pour vous servir de haie d'honneur, puisqu'il faut bien dire que toute littérature est d'essence ironique. Mais passons, revenons plutôt à ce grand mot d'esprit, dont vous vous piquez si complaisamment.

Moi — Si je voulais être grave, et abonder plus encore dans le reproche que vous nous faites, je dirais que l'ironie n'en est pas simplement la version piquante, vive et affranchie : il se pourrait bien qu'elle en soit l'essence même.

Lui — Vous croyez donc aux essences, maintenant ? Et aux discours qui en discutent ?

Moi — L'esprit naît de la négation et de l'affranchissement. C'est d'ailleurs la raison pour laquelle il se forme dans le langage.

Lui — Tout le langage est ironique ?

Moi — Inévitablement. Et il fait tous les efforts du monde pour lutter contre ce qui est à la fois sa malédiction et sa raison de vivre : d'être séparé des choses et de l'immédiat. Et dans son exercice même, lorsque nous discutons, je le vois lutter de toutes ses forces contre sa tendance naturelle. Nous essayons de prévenir ses embardées, de le ramener directement aux choses ; nous nous efforçons d'en faire un attelage de trait pour véhiculer les significations et les informations de l'un à l'autre sans perdre de marchandises. Mais il est plus ou moins discipliné à cette tâche et l'on va contre sa nature. En sorte que si nous abandonnons tout effort et lui laissons la bride, il reviendra naturellement à son cours ironique. À mon sens, on ferait bien de s'en réjouir : voulez-vous réduire le langage à la plate et instrumentale communication, et vous-même à la terreur de devoir toujours appeler un chat un chat ?

Lui — Vous ne faites donc que cultiver ses mauvais penchants ?

Moi — Voulez-vous renoncer à l'esprit ? Renoncez à l'ironie, et vous serez plaqué au sol, le nez dans l'immédiat et l'instinct ; vous serez enchaîné à la nature comme au pouvoir et leurs chaînes sont de fer ; la croyance aveugle, le préjugé seront vos maîtres.

Lui — Voilà un air entendu de longue date.

Moi — Soit, ne sacrifiez pas plus que moi à l'illusion d'un progrès de la raison. Je veux bien même vous accorder que sans préjugés, nous ne saurions pas même vivre et ne saurions rien comprendre. Je veux bien accorder que votre méfiance à l'égard de l'acide ironique ne tient pas seulement au conservatisme, à la rigidité ou même à la timidité ; que vous vous inquiétez de sa stérilité. Mais je vous dirai que c'est d'ailleurs un vain combat : l'humanité est à l'âge de la réflexion depuis longtemps : plus rien pour nous ne peut plus avoir la saveur de l'immédiat.

Lui — L'âge de la réflexion, dites-vous, l'âge de raison. La maturité de l'esprit ? Sa vertu ? Je vois plutôt un esprit inconstant, superficiel, incapable de se tenir tant soit peu aux choses, aux décisions, aux intentions. Je vois un sautillement puéril, des caprices. Peut-on toujours jouer ? Mais le mal n'est pas un jeu, et rien n'est *léger* dans la souffrance, l'infamie, la cruauté que la légèreté que vous mettez à les considérer. Et cette superficialité vous interdit à jamais, quoi que vous en dites, d'y apporter aucun remède. Vous attaquerez le mal absolu avec vos petits ongles vernis ? Rien ne mérite qu'on s'y arrête, n'est-ce pas, et tout est égal, l'égratignure sur votre doigt comme la dévastation du monde. Vous prétendez à l'utilité morale, sociale et politique ? Mais vous ne touchez pas au monde et finalement le regardez de loin aller de maux en maux. La révolte ou la révolution sont choses naïves et directes ; votre spirituelle distance ne mène en fait qu'à la résignation la plus plate, au conservatisme le plus éhonté. Vous émasculez vous-même l'esprit critique dont vous vous faites pourtant le parangon[1]. Vous lui ôtez toute force dans le monde. Quelle naïveté, n'est-ce pas, de vouloir changer le monde ou même de prétendre le réformer.

Moi — Il se pourrait bien que l'ironie ait fait plus qu'un certain nombre de gesticulations.

Lui — Ah ! Certes, à ce compte tout est gesticulation. Vous n'êtes même pas capable d'une grosse colère. Vous n'avez ni le cœur ni le souffle pour cela. Vous toussotez d'un air entendu.

Moi — Si elle est aussi inoffensive que vous dites, on se demande pourquoi on la craint.

Lui — Elle est impuissante. Son agressivité naturelle est un dédommagement dérisoire que vous vous offrez contre des contraintes insurmontables. Mais on y sent du coup une sourde volonté de vengeance, un ressentiment généralisé et exaspéré par l'impuissance — et on se venge comme on peut, alors on dégrade, on moque, on rabaisse ce qui écrase, ce que l'on voudrait abattre et qu'on ne peut abattre directement. Ce n'est pas seulement le fond de radicale hostilité, d'agressivité destructrice qui l'alimente, c'est

---

1. Lessing, *Nathan le Sage* : « Ils ne sont pas tous libres, ceux qui moquent leurs chaînes. »

le trépignement de la rage impuissante. Alors oui, elle fait peut-être œuvre sociale utile, mais pas au sens où vous le pensez : comme le dérivatif de pulsions qui menaceraient la civilisation et auxquelles elle commande de renoncer, elle évite peut-être névrotiquement de nous entre-tuer. J'exagère ? Je vous fais un mauvais procès psychologique ? Vous parliez de maturité de l'esprit ? Au mieux, j'y verrais des réactions d'enfant gâté : tout vous lasse, tout vous ennuie si vite. Vous ne pouvez tenir en place ; dès que vous vous emparez des choses, vous les abandonnez aussitôt.

Moi — Je le concède. Ce dialogue lui-même commence à me peser (et singulièrement le ton qu'il prend), et je voudrais que l'on parlât d'autre chose : nous nous attardons trop sur ce seul objet, quand il y en a mille sur lesquels glisser. L'ironie elle-même n'en peut mais : elle sortira exsangue, ou bouffie, de cette conversation. Ne le prenez pas mal, mais je crains que nous ne soyons devenus un peu trop sérieux, et moi le premier. Si nous changions de forme ? Tout ce qui dure me lasse. Soyons légers. Faisons des aphorismes, plutôt.

Lui — Vous vous lassez parce que vous n'avez pas assez de force. Léger ? Vous ne savez pas lutter contre la gravité — car elle existe bel et bien —, alors vous prétendez voler, et non pas même danser. L'ironie facile, c'est un pléonasme.

Moi — Il s'agit de savoir ce que vous entendez par là. Je veux bien admettre que d'une certaine manière, rien n'est en effet plus facile, puisque ce n'est pas nous qui faisons le travail, mais notre victime ; nous ne faisons guère que resserrer le nœud coulant qu'elle se met autour du cou avec ses discours. Généralement nous y prêtons un peu la main. Avec délicatesse nous saisissons sa phrase ; nous la retournons comme un gant ; ou nous l'exhibons simplement en y ajoutant une imperceptible touche qui la défigure et la rend grotesque ; ou nous la répétons simplement, mais avec un accent discordant (trop grave, trop aigu, un ton au-dessus, un ton au-dessous) ; ou nous soulevons juste un tout petit coin du voile sublime dans lequel elle s'est drapée et révélons des jambes cagneuses, un tour légèrement contrefait, des enflures jusque-là dissimulées. Ah, je vous le concède, il n'est guère besoin de se battre les flancs pour cela, puisque, aussi bien, on nous fournit toute la matière. Oui, c'est facile, de ce point de vue ; mais votre instinct démocratique ne devrait-il pas s'en réjouir ? Cela signifie simplement qu'il est aisé d'avoir de l'esprit.

Lui — Je parlais de facilité morale.

Moi — Je vous laisse la morale.

Lui — Entendez-le autrement, alors : cette facilité est indigne de l'aristocratisme dont vous vous prévalez (ne le niez pas). C'est de la paresse. De la paresse morale, car vous ne voulez pas vous engager, mais de la paresse intellectuelle également : penser longuement, argumenter, réfuter même, vous est trop fatigant et fastidieux. Et jusqu'à quel point cette paresse ne cache-t-elle pas une vraie débilité intellectuelle ? Singer, mimer, répéter, raccourcir. Cela ne vous coûte certes pas trop d'effort et vous dispense de faire la preuve d'une authentique capacité à penser. C'est à bon compte que vous donnez le change et l'on vous fait beaucoup de crédit sur la foi d'un petit mot ou d'une simple mimique, ou même d'un simple silence. Vous laissez croire que vous pensez plus que vous n'en dites. Votre silence en dit long ? Il ne dit rien du tout. Et quand vous parlez, vous êtes *court*. Et resterez court sur toute chose. Élégance ? Cache-misère. Et vous désapprenez à penser à mesure que vous vous facilitez la tâche.

Moi — Le tour épigrammatique demande un peu d'invention, tout de même. Le « witz », une certaine vivacité d'esprit. L'aphorisme, un peu de fulgurance et de pénétration. Il faut bien connaître une machine pour en subtilement dérégler le fonctionnement (je ne parle pas de ceux qui les cassent ou les dérèglent par maladresse ou par hasard).

Lui — Il n'est qu'à en lire le mode d'emploi, et c'est à la portée de tous.

Moi — Il en est de complexes, et personne, jusqu'à présent, n'a fourni, par exemple, un mode d'emploi satisfaisant du langage, ou une coupe exhaustive de la morale, ou un inventaire complet des rouages politiques. Nous avons aussi la passion du détail : nous y sommes en compagnie du Diable.

Lui — Cette passion n'implique pas que vous ayez pénétré très loin. Les détails sont toujours de surface.

Moi — Mais je gagne tout de même en élégance ce que sans doute je perds en profondeur. Le sérieux est laid, lourd, grossier, bourgeois. Et je gagne en grâce et en vitesse. Regardez, je patine à la surface, je fais des cabrioles, j'étonne. Vous me trouviez mélancolique, tout à l'heure ?

Lui — Le léger, l'élégant, le gracieux, l'agréable, le divertissant, le piquant, l'insolite, le plaisant, le

II. Dialogue

paradoxal. La vie n'est pas un salon. Resterez-vous éternellement dans l'esthétisme ? N'y aura-t-il donc rien qui vous soit cher ? Sacrifierez-vous donc toujours tout à vos petits jeux d'esprit ?

Moi — Tout peut servir de combustible. Les plus beaux sentiments comme les plus sordides aspirations. Les héros, les minables. Je vous l'ai dit : on peut couper en petits morceaux les grandes phrases, ou les retourner comme des gants. Faire des cocottes avec les grandes déclarations. Dérégler les amples symphonies. On peut transformer les éruptions volcaniques en pétards, les grands souffles en petites musiques impertinentes, les orages formidables en formidables baudruches, l'océan déchaîné en clapotis. Tout *pulvériser*.

Lui — Et qu'aurez-vous gagné, à ce général rapetissement ?

Moi — Rien, justement.

Lui — Et que restera-t-il de cette ironie volatile elle-même ? De toutes ces petites poussières d'esprit, de ces petits riens[1] ? De ces fragments ?

Moi — Rien, justement.

Lui — Eh oui, vous êtes fier de ce rien. Vous avez trouvé la vérité du monde, n'est-ce pas ? Vanité, buée, poudre, fumée. Mais il me semble que vous n'êtes même pas fidèle à vous-même : ne rien vouloir affirmer, c'est affirmer le rien ? Navrante confusion.

Moi — L'Écclésiaste est un grincheux, il n'est pas vraiment des nôtres. Car c'est une question de *ton*.

---

1. Platon, *Hippias Majeur* : « Que penses-tu de toutes ces arguties ? Pour moi ce sont des raclures, des rognures de langage. »

Mais il est vrai que je ne vois rien qui résiste à l'inspection.

Lui — Je vous trouvais plus lucide, tout à l'heure. Interrogez-vous. On pourrait accuser un défaut de vision. N'avez-vous pas parlé d'une complexion déréglée ? Et les choses n'apparaissent-elles pas petites aux petites âmes ? Insensées aux insensibles ? Vous ne quitterez jamais cette posture de valet de chambre pour lequel en effet il n'y a pas de grands hommes. Posture qui vous courbe le dos et vous fait l'œil chassieux à force de lorgner le monde par le trou de la serrure. Eh oui, l'homme est vain, vulgaire, bouffi, mesquin ; ses discours sont ridicules ; son monde étroit ; sa morale douteuse. Et le fruit, je vous prie, de le répéter sans cesse ? Vous le désespérerez seulement de jamais pouvoir être bon, et par ce désespoir même, il ne le sera jamais en effet. Exécrable poison.
Moi — Du moins, pour le même résultat, ne l'aura-t-on pas assassiné de morale et de discours sévères. Et j'oserai dire que par ces pincements agaçants, ces irritantes piqûres de taon[1], nous aurons fait mille fois mieux que ces graves docteurs de morale, qui ne chassent un préjugé ou un vice que pour en mettre un autre à la place.
Lui — Vous n'aurez enseigné que la défiance universelle, la moquerie...
Moi — « ... des choses les plus saintes ». Voilà longtemps que je n'avais entendu ce discours.
Lui — Vous me caricaturez pour moins m'entendre, le procédé vous est usuel. Mais soit, j'abonde dans la caricature : l'esprit que vous insufflez, et

---

1. Platon, *Apologie de Socrate*.

II. Dialogue

dont vous êtes si fier, leur apporte plus d'intelligence que de grandeur, plus de ruse que d'élan pour le bien. Il détruit toute sociabilité, laquelle réclame un peu de confiance dans la simple parole — une société d'ironistes est une société de loups qui se dévorent entre eux. Voulez-vous un instant que nous imaginions le monde de l'universelle ironie ? Je ne doute pas qu'il vous paraisse tout de même effrayant et abject. Le culte de cet esprit mettra partout des chausse-trappes et l'on sera plus occupé à se garder d'y tomber que de s'élancer avec ferveur dans quelque action. Et ce culte est sans doute aussi sanguinaire que les autres, religieux ou moraux, que vous avez à tâche de ridiculiser : on tue pour un bon mot. L'homme ne sera appliqué qu'à être plus malin que son prochain, et non pas à lui faire du bien, à telle enseigne qu'il se moquera plutôt des benêts qui en font. Ce sont là de gros mots, j'en conviens, et vous ne manquerez pas d'en rire. Mais au moins ne prétendez pas amender sa conduite par l'exposition satirique de ces petits travers. Se connaîtra-t-il mieux pour autant ? Vous ne lui enseignerez jamais que le sens du ridicule, qui le gouvernera sous un empire plus contraignant que toute morale, qui le paralysera, le rendra calculateur pour ne pas paraître la dupe du jeu, hypocrite, et en définitive plus impitoyable censeur que ces Caton que vous fustigez et peut-être bien moins utile pour le genre humain. La Rochefoucauld disait que le ridicule déshonorait plus que le déshonneur. Substituer le sens du ridicule au sens moral, voilà tout ce que vous aurez gagné ; énerver la vertu, empoisonner de doute les premiers élans du cœur ou les premiers principes du devoir.

Moi — Oh oh ! Je vois poindre le mufle du moralisme. Eh bien qu'il se jette sur moi, je saurais le faire tourner bourrique. Vous voulez me faire boire de la moraline ? J'en ferai des bulles de savon.

Lui — La partie est facile, en effet. Vous aurez toujours les rieurs de votre côté.

Moi — Détrompez-vous. Elle est âpre et terrible et solitaire, cette partie. On s'écorche, aussi, à gratter la peinture. Vous insinuez que je bénéficie de l'air du temps. Croyez-vous que je hurle avec la meute ? Rien n'est moins ironique que le rire en bande, cela choque en outre notre petit penchant aristocratique auquel vous faisiez allusion. Manque de force, disiez-vous ? Pourtant, il en faut beaucoup, pour aller jusqu'au bout. Les demi-ironistes sont légion, et c'est un triste spectacle. Il arrive toujours un moment où ils calent. On dira que l'ironie a des limites, qu'il y a certaines choses que l'on ne peut pas traiter avec ironie. Ou on ne le dira pas, non, ce serait balourd, mais on fera en sorte. Et l'on finira toujours par faire un éloge *mesuré* de l'ironie, avec une basse continue consistant à dire : l'ironie est une belle pratique, quand on en use avec modération.

Lui — Et cela pourrait être tout à fait vrai, et judicieux : « L'esprit et la fantaisie doivent être utilisés avec précaution, comme toute substance corrosive[1]. »

Moi — Mais l'ironie connaît-elle la modération ? Qui l'arrêtera, une fois qu'elle aura pénétré ? Son principe, c'est de ne pas avoir de limites et elle est de nature invasive. Elle dévore *tout*, je l'ai dit. Et vous l'avez remarqué, l'ironiste doit savoir y passer

---

1. Lichtenberg, D 232.

lui aussi. Et l'ironie elle-même, pourquoi pas ? On la laissera s'emporter dans sa bacchanale de joyeuse destruction : elle finira par être sa propre victime. Car je vous le concède, tenez, l'ironie, ce n'est rien du tout ; c'est absurde, facile et superficiel. C'est dérisoire. Je me demande même si ce n'est pas ridicule.

Lui — Vous plaisantez ?

Moi — Allez savoir.

Lui — Laissez-moi remarquer en tout cas que, ce faisant, vous êtes infidèle à vos maîtres. Y a-t-il plus moraliste que Diderot ? Que Voltaire ? Entendez le premier qui, une fois qu'il a tout tourné en dérision, s'applique, du moins dans ses livres, à être bon père de famille et sacrifie sa verve sur l'autel des édifiants tableaux de Greuze. Et je ne vois pas que le second ait jamais renoncé à parler de bonté, ou même, horreur, d'honnêteté dans les mœurs : c'était plutôt le contraire. L'ironie était l'arme des *moralistes*.

Moi — Je le concède, mais aussi cette morale modeste et sociale était tout ce qui restait de la destruction des grands édifices moraux. Et elle ne devait pas, elle non plus, résister bien longtemps au mouvement qui lui avait dégagé la place. D'ailleurs je trouve assez contradictoire de soutenir à la fois l'ironie et l'aspiration à une sociabilité harmonieuse, douce et pacifiée : « L'ironie est absolument contraire au social[1] », disait Kierkegaard, et il savait de quoi il parlait. Comment s'étonner que finalement tout soit emporté ? Eh, je suis conséquent : je ne vois

---

1. Kierkegaard, *Point de vue explicatif sur mon œuvre d'écrivain*.

pas que, engagé sur cette route, on puisse marquer des stations et encore moins revenir en arrière.

Lui — Votre confusion est évidente. Vous confondez morale et moralisme, comme vous confondez gravité et pesanteur — comme en pratique vous confondez légèreté et superficialité. Je vous rendrais grâce à vrai dire, et même saurais contribuer à un éloge de l'ironie, si vous saviez en user avec plus de discernement. Mais non, tout passe à la moulinette, tout est arasé, le grand comme le médiocre, tout se vaut c'est-à-dire ne vaut rien. Une arme de précision, l'ironie ? Vous en jouez comme d'un marteau-pilon.

Moi — Et vous, vous feignez d'oublier qu'il s'agit avant tout de blâmer, de dénoncer : notre tâche n'est pas de bâtir les édifices de la morale, elle est de ruiner les bastions de la bêtise — qui sont parfois les mêmes. Je veux bien admettre que le monde doit être fait à la fois de bâtisseurs et de salutaires destructeurs. Mais justement, chacun son métier ; et pour ce qui est de l'exercice du nôtre, soyons pratiques, je juge que tous les austères discours et les terribles fulminations réunis ne valent pas une goutte de cet acide joyeux. Je dirai que ce n'est pas tant une question de tempérament que d'efficacité. Mais c'est vrai, rien ne me fait bâiller comme les donneurs de leçons ; rien ne me fait tant rire que les mines graves et *concernées* ; rien ne m'irrite davantage que les *consciences*, qui sonnent trois fois le tocsin par semaine, qui tous les matins découvrent que la fin du monde sera pour le soir, qui portent sur les épaules, plus sûrement que le Christ et toutes les théodicées du monde, le poids d'un mal absolu qu'ils donnent tous les jours l'impression d'avoir découvert la veille. Ils retroussent une lèvre dégoûtée parce que vous avez le front de plaisanter ; ils froncent un sourcil censeur ou parfois ont un haussement d'épaules *bien appuyé* pour la futilité du monde et son aveuglement. Ils se saisissent de tous les sujets graves — il ne faut guère de flair pour cela — qui les rendra profonds par conduction ; ils en ouvrent boutique ; ils font des livres, des causeries, des soupirs, des mines et des articles. Et vous voulez que je m'abstienne ? Vous voulez fermer les yeux sur ces systématiques prises d'otages ? Leur laisser croire que nous ne pouvons penser sans eux, et que nous pensons moins parce que nous avons le teint moins blême — ou moins hâlé ? Que nous ne savons pas ce qu'est le Mal, l'Infamie, la Bêtise, la Violence, l'Oppression et le Déficit budgétaire, alors que nous avons inventé l'ironie à seule fin de les stigmatiser (mais sans majuscule) ? L'imposture de cet esprit de sérieux à la fois m'exaspère et m'ennuie.

Lui — Le point n'est pas là. Mais je vous dirai que vous avez ce que vous méritez. Vous êtes pris entre des faiseurs, des crétins satisfaits et des esprits futiles. En usant sans discernement de l'ironie, en l'accompagnant de l'étendard flatteur de la Liberté de Penser pour la moindre, la plus inutile ou la plus basse de ses besognes, vous avez entretenu la confusion entre son exercice et la superficialité de la courte pensée, désormais confortée dans sa plus paresseuse ignorance. Vous flattez le goût trop naturel à se détourner de ce qui réclame de la profondeur. Par là même vous confortez également vos ennemis naturels, vous leur donnez des armes, car il n'est pas difficile de faire remarquer combien la plupart de ceux qui ironisent ne le font que par défaut. Vous parliez d'efficacité ? Elle est piètre. Celle d'une critique timorée, qui non seulement laisse le monde en l'état, mais qui en outre aura coupé les mains et la tête de ceux qui veulent l'empoigner.

Moi — Alors soit, je me rends.
Lui — Quoi donc ?
Moi — Oui, je me rends, vous pouvez en effet appeler faiblesse de caractère cette maladie, et timidité. Faire de l'ironie une vertu, je le concède, peut être une manière de déguiser le vice de l'inconstance et la débilité de la volonté. Cette distance, ce n'est sans doute, vous avez raison, qu'un manque de force, de courage et, pourquoi pas, de profondeur. Car, je le reconnais, il en faut, de la force et du courage, pour adhérer au monde, s'y livrer, s'y risquer, pour l'affirmer, pour dire oui, non, et le dire tout droitement et sans se réserver, sans se mettre à l'abri par une petite pirouette rhétorique, sans pensée de derrière, sans cligner de l'œil. « Que ton oui soit oui, que ton non soit non », voilà bien une formule qui fait frémir l'ironiste — avant de le faire sourire. Mais c'est aussi que nous avons salutairement appris à nous méfier des oui et des non massifs : c'est avec des blocs semblables que l'on construit des prisons et des tombeaux, quand on ne se les lance pas tout simplement à la tête. Pourtant, je veux bien avec vous attribuer à une défaillance ce que d'autres, s'oubliant eux-mêmes, attribuent à

une force supérieure (car je tiens l'ironiste qui se rengorge de son ironie pour son propre traître). Mais aussi nous en payons le prix : il n'est pas aisé de vivre ironiquement. J'en connais qui, dans le secret de leur âme, n'aspireraient à rien tant que de s'agenouiller, ou d'embrasser avec ferveur, ou de souffrir profondément — être vivant, enfin, du moins plus qu'ils ne le seront jamais tant qu'ils demeureront dans le flottement indécis de l'ironie. Ne croyez-vous pas qu'ils préféreraient, à de certains moments, que la réalité s'offre à eux de plain-pied, qu'il n'y ait pas toujours sur la toile un petit coin écaillé par lequel on voit que c'est une toile, qu'il n'y ait pas toujours dans le décor un certain fatal courant d'air qui découvre la coulisse ?

Lui — Quelle inconstance, encore ! Faut-il prendre au sérieux ce dernier discours ? Est-ce encore un jeu ? Non ? Quelle cyclothymie ! Vous voilà de nouveau mélancolique. Mais diable, d'où cela vous vient-il alors ? D'où vient cette maladie ?

Moi — Quelque chose, sans doute, nous a saignés ou bien « l'un de nos ancêtres doit avoir lu dans un livre interdit[1] ». Nous avons voulu croire, aimer, embrasser.

Lui — Du pathos, maintenant. Mais j'ai, il est vrai, un peu pitié de vous. Il y a sans doute une touchante déception, qui laisse voir par contrecoup la hauteur des aspirations primitives : vous avez trop attendu du monde. Soit. Mais c'est aussi un peu pathétique, ce dépit, et irritant. Le monde n'est pas comme vous voudriez qu'il fût ? L'amour ne dure pas toujours ? Les grands projets tournent à la ruine

1. Lichtenberg, D 339.

ou au ridicule ? Les pures intentions sont souillées ? Le juste est bafoué ? La belle affaire ! Remettez-vous, cessez de vous chagriner comme un enfant déçu, de bouder ou de ricaner. Prenez-en votre parti et faites preuve d'un peu de courage. Et retroussez-vous les manches. Vous vous arrêtez en chemin, paralysé, assommé. La belle âme pousse de petits soupirs puis de petits ricanements. Eh non, l'existence n'est pas un champ de roses, croyez-vous que nous ne nous en sommes pas aperçus, nous non plus ? Que nous avançons comme des bêtes de somme ?

Moi — Cela n'empêche pas de se rappeler avec nostalgie l'innocence des premiers commencements.

Lui — J'ai souvenir pourtant que l'ironique Neveu de Rameau disait qu'on était dédommagé de la perte de son innocence par celles de ses préjugés. N'est-ce pas là votre grande affaire ? Pour rien au monde, vous ne voudriez revenir à la condition stupide de l'innocence ; et pour rien au monde vous ne voudriez renoncer au plaisir insigne de moquer un préjugé.

Moi — Eh, vous avez raison : il est bien normal que notre salutaire office pour l'émancipation de l'humanité nous soit rétribué en menus plaisirs.

Lui — Tournez donc les yeux vers la grandeur, vous en aurez de plus grands.

Moi — Suis-je responsable de ce que je vois ? Vous en faisiez à l'instant la suggestion : cette ironie, elle est peut-être moins en nous que dans le monde lui-même.

Lui — L'ironie dans les choses ?

Moi — Elle est dans les choses pour autant qu'elle n'est pas dans les hommes, qu'ils en soient, et parce qu'ils en sont, les jouets impuissants et ridicules ou la cause involontaire. C'est d'ailleurs la plupart du temps corrélatif. Mais n'est-ce pas là qu'elle devient la plus cruelle ? N'est-ce pas cette ironie qu'on disait jadis *tragique* ? Je ne parle pas de l'ironie de situation, qui veut que la prison se trouve parfois avenue de la Libération ; mais de celle qui enserre notre existence entière, et qui peut bien prendre le nom de sort, destin, fortune. Celle qui se joue de nous, cette ironie dont nous faisons systématiquement les frais rien qu'en vivant et en agissant. Connaissez-vous le cas de Swift, qui, dans sa jeunesse, fit bâtir un asile de fous dans lequel, vieux, il fut enfermé ? Ce n'est là qu'un exemple parmi d'autres : nul qui n'entrevoie, un jour ou l'autre, ce petit rictus plaisant de la fortune. En voilà un qui multiplie les précautions pour se garantir de la mort, et ce sont précisément ces précautions qui le tuent. En voilà un qui veut éviter de tuer son père et d'épouser sa mère, et c'est en cherchant à l'éviter qu'il le tue et se fait incestueux. Tout tourne pour notre confusion, le monde est renversé. Voulez-vous que je continue ? Que je devienne pompeux ? Même ce que l'on proclame Bien est d'essence ironique, même certaines graves morales religieuses : n'est-il pas ironique que celui qui vit par l'épée périsse par l'épée ? Que les premiers soient les derniers ? La Bible, d'ailleurs, pourrait bien être le plus beau et le plus effroyable traité sur l'ironie divine, ainsi qu'un très utile manuel à usage des satiristes et dramaturges comiques. On peut certes s'en réjouir, mais c'est aussi accablant.

Lui — L'ironie n'est pas dans les choses elles-mêmes, vous le savez bien. Elle est dans notre regard sur elles, il est trivial de le remarquer. Faites-en l'exercice. Je vous montre des fleurs sur une tombe. Que voyez-vous ? La belle image de la vie qui se perpétue et s'épanouit là où on la croyait désespérément finir ? Le signe touchant d'un hommage, d'une peine ? Ou bien l'amusante contradiction entre l'homme, avec toute sa grandeur, qui n'est plus rien et la pleine et insolente santé du végétal le plus primaire ? Mais ce n'est pas seulement une question de point de vue, comme on dit au comptoir des bistrots. C'est la manière dont nous construisons le monde en l'interprétant. Tout tient à ce que nous lui donnons du sens — alors qu'il n'en a aucun en lui-même — quitte à le lui ôter ironiquement. C'est nous qui agençons, rapprochons des éléments disparates et convertissons ce chaos hasardeux en petits contes satiriques. Nous faisons du monde un texte que nous lisons le sourire aux lèvres. Vous faites beaucoup de crédit, me semble-t-il, à certaines expressions. L'ironie du sort, par exemple.

Moi — Il est notable que les Grecs, qui pourtant avaient inventé l'ironie, le terme et sa pratique régulée, ne trouvaient pas spécialement drôle cette ironie du sort. Ils la trouvaient bien plutôt tragique. Et, à dire vrai, quand nous employons aujourd'hui une telle expression, ce n'est pas non plus franchement son aspect comique que nous avons en tête, encore moins évidemment si nous en sommes les victimes (et nous le sommes toujours). Livrés à l'ironie du

II. Dialogue

sort, nous n'en rions pas. En revanche *quelqu'un* rit : le sort lui-même qui se joue de nous, de nos passions, de nos ambitions, de nos présomptions. En vérité, je vous le dis, ce n'est pas moi qui ricane, ce sont les dieux.

Lui — Notez qu'ils n'ont sans doute pas tout à fait tort. Ce doit être un spectacle assez divertissant, de là-haut, de voir les mortels se précipiter d'eux-mêmes vers ce qu'ils croient fuir, et faire plus sûrement leur malheur que s'ils le cherchaient volontairement. On a beaucoup médité là-dessus, ce me semble depuis les temps les plus reculés, mais on en a rarement ri. Et il est sûr qu'on n'a pas trop à y prêter la main, là encore, il suffit de laisser faire, ou de complaisamment satisfaire aux demandes. Il y a, je crois, un antique adage, qui disait que c'est pour notre malheur que les dieux accomplissent nos vœux[1].

Moi — Vous l'avouerai-je ? Voyant cela, j'ai eu plus d'une fois envie de tirer mon chapeau devant le Grand Artiste. Quelle piètre figure fait l'ironiste devant l'Ironiste Suprême ! Mais aussi, il a les moyens et peut faire les choses en grand comme dans le détail, et son terrain de jeu est immense et inépuisables les ressources que nous lui offrons. Le point de vue de Dieu, celui-là même que cherchaient à atteindre si passionnément ou si sérieusement les

---

1. « *Be mindful of the prayers you send/ Pray hard but pray with care/ For the tears that you are crying now/ Are just your answered prayers* » [Prends garde aux prières que tu adresses/ Prie avec conviction mais avec prudence/ Car les larmes que tu verses aujourd'hui/ Ne sont que tes prières exaucées]. Nick Cave, «Oh My Lord», *No more shall we Part*. (Il nous a semblé que citer Nick Cave plutôt qu'Euripide serait plus moderne.)

grands métaphysiciens, est peut-être celui de la connaissance absolue ; mais il est surtout le lieu où l'on a la vue la plus imprenable sur le ridicule du monde, la place de choix dans le théâtre. Notez bien que, d'une certaine manière, cette loge magnifique n'est peut-être pas si difficile à occuper : ce n'est pas l'aboutissement grandiose d'un système métaphysique qui nous y met, mais la lecture de la rubrique des faits divers dans le journal. Le point de vue de Dieu, c'est la lecture du journal, la chose est bien connue. Mais, tout de même, l'Olympe ou la sphère des étoiles fixes doivent bénéficier d'un paysage autrement plus grandiose et plus comique. Comme je voudrais y être, comme je voudrais, un instant même, être ce dieu : il doit y avoir sur son visage, s'il en a un, un sourire que nous serions bien en peine d'imiter et encore moins de produire — et qui n'est pas du tout celui du Bouddha. La seule consolation de n'être pas à sa place, ou de n'être pas lui, c'est de me dire qu'il peut à son tour faire les frais de ma verve.

Lui — Dieu ?

Moi — Ce ne serait pas la première fois : depuis qu'on a fait en sorte qu'il existe, il est souvent le mets de choix du festin ironique. C'est bien le prix, après tout, qu'il peut payer, pour l'empire qu'il exerce sur nous — et ce n'est pas cher payé, franchement. Mais à dire vrai, je balance souvent sur ce point : d'un côté la matière est inépuisable, le dieu mourant ne cessant de ressusciter à notre époque ; de l'autre, le jeu n'est guère original. Mais, au vrai, il est un maître en ironie qui le surpasse encore, et c'est la mort elle-même. Si je ne craignais pas d'attirer sur moi un peu trop son attention, je lui ferais en connaisseur une profonde révérence.

Lui — Ce point est sujet à controverse. On peut bien considérer aussi qu'elle en est l'exact opposé. Quant à en devenir à son tour l'objet, je crains fort que l'exercice n'ait à peu près autant d'efficacité que de siffloter pendant que le navire coule.

Moi — Du moment que l'air est plaisant. Je ne vois pas que hurler au secours ou se griffer les joues soit plus efficace. Et c'est plus laid et plus indigne.

Lui — Voulez-vous donc ôter toute consolation ?

Moi — Mais je me moque en effet des consolations : je suis inconsolable. Et le paradoxe est que nous vivrions bien mieux si nous l'étions réellement.

Lui — Fanfaronnades de bouffon. Vous n'en croyez pas un mot.

Moi — J'en crois un mot sur deux, ça suffit. Cela m'oblige à faire parfois le grand écart. Je conçois que ce soit un pas de danse qui effraie ceux qui veulent marcher droit.

Lui — Détrompez-vous, cette manière de ne tenir à rien est la plus répandue.

Moi — Il n'est donc pas la peine d'en faire l'éloge ? Voilà donc encore un livre inutile.

Lui — Je soupçonne en effet que, procédant à cet éloge, vous vous faites la part belle et vous donnez carrière : nonobstant son manque d'originalité, vous rencontrerez peu de détracteurs. Nous sommes à l'époque des éloges de l'ironie. C'est à peu près comme de faire l'éloge de la foi au Moyen Âge.

Moi — Vous voulez dire que l'époque est ironique.

Lui — Je crois surtout qu'elle l'est faute de mieux : l'ironie est la menue monnaie qu'il reste après les grandes dépenses de l'esprit. On fait à mon sens un jugement bien généreux, et bien grandiloquent, en qualifiant cette époque de nihiliste et c'est encore une image flatteuse que se renvoie illusoirement l'époque : on n'embrasse l'ironie, et de manière universelle, que lorsque l'on n'a plus de forces du tout, même plus celle de soutenir le nihilisme, même plus celle de nier réellement. L'ironie, c'est le Diable en vacances. La petite monnaie du nihilisme. Le grignotement modeste qui précède la destruction, ou les poussières qui la suivent, mais pas la destruction. Quand le règne des grands négateurs ou des grands inquiets se termine, il ne reste plus qu'une engeance de petits-maîtres, créatures opportunistes douées d'instinct de survie, qui jouent aux osselets ou aux petits chevaux avec les ossements et les carcasses que d'autres ont mis leurs forces et leur vie à abattre. Ivan Karamazov est devenu chroniqueur d'émissions de télévision[1].

Moi — Confondrez-vous l'ironie véritable avec ce rebut ?

Lui — Je dis que votre choix d'un éloge de l'ironie est confortable.

Moi — Cela dépend du lieu, tout de même.

Lui — Soit, cette incertitude relative est tout ce qu'il reste, sans doute, du grand risque de l'ironie. Mais au lieu où se trouve ce petit livre que laborieusement nous composons, il ne risque à dire vrai pas grand-chose, si ce n'est l'indifférence et l'échec commercial. Le seul obstacle qu'il rencontrera est constitué sans doute par d'autres livres. Qui s'en

---

1. Vous n'en avez pas assez, des notes de bas de page ?

prendra à vous avec sérieux ? Pas un qui ne paraîtra ridicule ou ampoulé et tous les autres sont déjà passés sous les fourches caudines de l'ironie quand bien même ils voudraient défendre des choses qu'elle moque.

Moi — C'est là un grand éloge que vous nous faites : cela veut dire que l'ironie a fait son travail et qu'elle aura décidément rendu difficile d'opprimer les hommes impunément.

Lui — Cette défiance généralisée et superficielle ? Un gain ?

Moi — Diable, voilà bien des paroles de Commandeur. J'en tremble. Je demande pardon, j'abjure. Qu'on me donne le fouet, qu'on me cingle, et qu'on m'apprenne les bonnes manières.

Lui — Ça y est : ça recommence.

Moi — Oui, je suis prêt, je me jette dans les bras de la religion, du bon sens, de l'opinion majoritaire, de la morale. Je jure de ne plus maculer de mes gribouillis les glorieux tableaux de la vertu. Je reconnais qu'un esprit *vraiment malin* m'animait. Oui, j'abjure. Quoi ? *Aude sapere* ? Quelle vilenie ! Maintenant, je vais chanter la beauté sublime des soleils couchants et des fanfares nationales, je ploierai le genou, courberai l'échine, gommerai ce sourire indécent. Comment ai-je pu croire un instant au répugnant mirage de la liberté ?

Lui — Vous en êtes donc les gardiens ? Vous vous flattez. Et d'ailleurs vous vous flattez toujours. C'est ainsi que vous vous attribuez bien généreusement la qualité d'« esprits forts », quand d'ailleurs il ne coûte plus rien de l'être. Je vois en réalité moins d'esprits vraiment forts que des *petits malins* qui se flattent de l'être. Le *petit malin* est devenu l'une des engeances les plus répandues, les plus satisfaites et les plus exécrables de cette époque, un pur appendice de la roublardise commerçante et de l'anxiété fébrile d'être dupé. C'est bien d'ailleurs la qualité dont tout un chacun se gratifie lui-même le plus volontiers : de n'être pas si dupe.

Moi — C'est déjà ça de gagné, pardonnez-moi, au regard de la croyance aveugle, de l'obéissance soumise, de l'intoxication de l'esprit.

Lui — Voilà bien la plus mesquine, la plus pitoyable des qualités dont on ait à s'enorgueillir. Vous vous croyez supérieurs ? Vous qui méprisez la société bourgeoise, vous devriez voir que c'est pourtant là le trait le plus manifeste de notre civilisation commerçante : cette ironie prétendue n'est que l'appendice d'une défiance de maquignon et le vêtement léger de la crainte puérile de passer pour un sot. La crainte vraiment petite-bourgeoise de « se faire avoir », comme on dit vulgairement, se faire avoir par les sentiments, la morale, la politique, la réalité tout entière, comme si le prix que l'on payait était toujours trop élevé, la marchandise — car tout est marchandise — soupçonnable de malfaçon et défectueuse, celui qui nous la propose un escroc.

Moi — N'est-ce pas le meilleur moyen de saper les autorités illégitimes ? Les dominations écrasantes ? Ce qui prétend nous asservir ?

Lui — Je vois surtout que vous substituez une autorité à une autre, du haut de laquelle vous jugez le monde. Elle me paraît souvent bien plus impérieuse que toutes, car rien ne lui résiste et elle a toujours l'avantage. Et vous vous arrêtez rarement aux autorités « illégitimes », comme vous dites — et d'ailleurs, d'où vous vient à vous cette légitimité de les dénoncer illégitimes ? Vous prétendez donc détenir un savoir que les autres n'ont pas : vous êtes des esprits « éclairés ».

Moi — C'est là encore un mauvais procès. Comment ? L'ironie, une arme de pouvoir, de domination ? C'est la parole affirmative qui l'est : l'ironie incurve cette force et la retourne contre elle-même. Comme toute ruse, elle n'use que de la force de son adversaire et plus il y met de force plus il en sera victime. Elle est du genre parasite, en effet, et même du genre morbide, qui contamine insidieusement l'arrogante puissance des discours. La parole ironique, justement parce qu'elle n'affirme rien, est la seule qui ne puisse faire autorité, ni se faire dominante. Il faudrait même entendre cela de manière acoustique : l'ironie ne *couvre* pas les discours forts, comme une parole plus forte encore — elle la fausse, plutôt, y fait entendre un désagréable mais salutaire grésillement, elle propage une onde qui la fissure. Elle restera toujours à la marge, une note de bas de page au pied des discours monumentaux mais qui les chatouille. C'est un mode *mineur* et un *maître* ironique est une chose contradictoire.

Lui — Il n'est que cela, au contraire : l'ironiste est celui qui *maîtrise* le langage, ou qui prétend le maîtriser. Et qui par là maîtrise les autres et les mène par le bout du nez. Il a l'obsession du contrôle.

Moi — Je vois avec bonheur que vous aimez les paradoxes.

Lui — Ce n'est pas un paradoxe, je dénonce simplement vos faux-semblants. Et j'irais volontiers plus loin, en montrant que ce parasitisme est destructeur : pour le bien d'une liberté supposée, au dessein généreux d'alléger les tutelles et de libérer l'humanité de ses chaînes (car, quoi que vous en disiez, vous n'avez pas peur des grands mots lorsqu'il s'agit d'en employer de petits), non seulement vous sapez toute sociabilité — car qui se fiera désormais à la parole de son voisin ? — mais aussi le langage lui-même : l'ironie s'attaque aux *significations*, parce qu'elles visent à travers elles les *valeurs* dont ces significations sont nécessairement porteuses ; elle perturbe la communication *et* la signification.

Moi — Le langage univoque, ou qui prétend l'être, m'inquiète toujours en effet. Car c'est le contraire de ce que vous dites : j'y vois toujours le signe d'un appauvrissement dangereux. L'ironie au contraire lutte contre tout ce qui *réduit* le langage au nom de son efficacité, qui en fait un simple outil technique, contre tout ce qui le désincarne. Celui qui hait l'ironie ne rêve pas seulement d'un langage en coupe réglée ; il rêve plus encore d'un langage transparent, manipulable, dévolu à la maîtrise du monde et des autres ; il rêve d'une idéalité mortifère, d'une uniformité impersonnelle. Il rêve, à tout dire, d'un non-langage. Vous nous accusez de maltraiter le langage (quand tout à l'heure d'ailleurs vous nous accusiez de trop le maîtriser) ? Nous lui rendons au contraire sa chair, ses nuances, ses variations, sa vivacité, son indépendance. Ne le voyez-vous pas ? Ce que vous prenez pour un funeste parasitage, de la communication ou de la signification, c'est la chair même de la parole, dans laquelle sont présents des sujets qui parlent, dans laquelle les mots ne se réduisent pas à ce qu'ils désignent directement, dans laquelle on entend les variations du ton.

Lui — J'y vois surtout le moyen de saper toutes ses bases. L'ironie discrédite, toute parole s'en trouve dévaluée, délégitimée — c'est la violence la plus féroce.

Moi — Ne croyez-vous pas plutôt que nous faisons en sorte que cette parole ne pèse pas sur nous de tout le poids de ses affirmations péremptoires et autoritaires ? Méfiez-vous de tous les discours qui ne supportent pas l'ironie : ils sont de la matière dont on fait les chaînes. Méfiez-vous de ce qui ne supporte ni l'inquiétude, ni la palpitante incertitude du sens. Méfiez-vous de ce qui n'aime ni le vacillant ni le changeant. Ce qui pétrifie la parole la rend lourde, en effet. Dans les discours qui sont faits de cette matière-là, nous faisons passer des courants d'air.

Lui — Mais plus rien ne tient, ce faisant.

Moi — Eh bien tant mieux. Je n'ai pas vocation à vivre dans un cercueil, serait-il grandiose.

Lui — Vous ne savez pas ce que vous faites. Et là encore, je vois bien un trait de votre caractère puéril. Vous me faites l'effet d'un petit enfant qui brise tout, écaille, écorne, maltraite. Rien ne reste beau, entre vos mains, vous souillez tout.

Moi — Peut-être faudrait-il, alors, distinguer si vous voulez des modes de l'ironie : l'une qui parasite et qui ruine ; l'autre qui fait d'audacieuses inventions et concaténations. La grêle que nous faisons pleuvoir sur les discours, les postures et même le cours du monde, ne nous contestez pas cela, peut être faite de petits diamants fort purs, bien que fort tranchants.

Lui — Des gravats, tout aussi bien. Ce qui reste quand on a dynamité. Des œuvres en morceaux. Même chose pour la philosophie.

Moi — Eh oui, nous avons placé des charges dans ses longues chaînes de raisons, du sable dans les rouages des grands systèmes. Amusant, n'est-ce pas ?

Lui — Amusant ?

Moi — Vital. Comment respirer sans ces jours et ces interstices qui laissent circuler l'air ? Ces systèmes sont des catafalques. Eh oui, ce que vous prenez pour une maladie ici, c'est peut-être tout simplement la vie qui se faufile, fait jouer et déjoue. Nous ne faisons que l'y introduire. Remerciez-nous : sans nous, ces machines vous écraseraient. Et plaignez-nous : l'y faire entrer nous coûte à nous la vie.

Lui — La belle abnégation. Voulez-vous que nous lancions une souscription pour un monument ? « À l'ironie, l'humanité reconnaissante ».

Moi — Je crains que nous ne nous fassions un devoir aussitôt de le faire sauter, lui aussi. Je vous l'ai dit : nous n'avons pas la passion des tombeaux.

Lui — Il n'empêche, vous voudriez bien qu'on vous reconnaisse des mérites supérieurs : feriez-vous sinon un éloge de l'ironie ?

Moi — Ma foi, un peu de gratitude serait plaisant. Je ne la quémande pas, il suffit que chaque homme pense un peu à ce qu'il lui doit.

Lui — Il n'est pas un seul homme qui n'en fera les frais, s'il vous plaît.

Moi — N'est-ce pas pour son bien, que nous faisons cela ?

Lui — Hypocrisie. Vous savez qu'il n'en est rien. C'est pour *votre* bien et surtout votre vanité. Vous ironisez toujours pour la galerie, quand même cette galerie serait dans votre esprit uniquement. Vous ne pouvez tout à fait exercer l'ironie sans avoir de *témoins*, et sans lancer des coups d'œil en coulisse vers la société des esprits supérieurs à laquelle vous vous flattez d'appartenir. Pour ce bénéfice aristocratique et néanmoins puéril, vous sacrifiez tout.

Moi — L'ironie suppose de l'esprit, certes, elle en fait sa condition, mais par là elle en donne.

Lui — À quel prix et à qui ? Et en donne-t-elle seulement ? Ces conditions d'exercice sont moralement exécrables — et ce n'est que visible puisque, dans le langage comme dans la vie, l'ironie vit *aux dépens*. Et ses effets plus encore : elle n'enseigne que la défiance et la ruse. Mais je vous dirai plus : cet effet détestable de l'ironie, qui exclut, qui immole une victime à une société qui se flatte elle-même (et qui d'ailleurs, en général, se suppose bien plus d'esprit qu'elle n'en a) ne sert en réalité qu'à conforter les dominants. Vous vous abusez, paradoxalement, vous qui ne voulez être dupe de rien : vous êtes dupe, et de la pire des manières, de vos états de services antérieurs. Vous croyez encore être le rempart de la liberté d'esprit ? Vous pensez encore faire trembler l'arrogante assurance des puissants, inquiéter les autorités ? Vous faites leur jeu.

Moi — J'avoue que je ne vois pas en quoi.

Lui — D'abord par votre impuissance. Croyez-vous réellement inquiéter qui que ce soit, avec vos petites piques ? Votre critique ne restera jamais qu'un exercice en chambre ; elle est parfaitement inoffensive — et d'autant plus que vous vous êtes rendu inapte à l'action : vous ne *croyez* pas à l'action et vous aurez simplement réussi à en dégoûter la plupart. Ensuite, par votre aveuglement. Pendant que vous continuez à vous inventer des ennemis imaginaires contre lesquels vous bataillez bravement avec vos petits canifs, ou qu'on vous les met sous le nez pour détourner votre attention, le jeu se fait autre part. Vous redressez des corps déjà morts pour vous donner la satisfaction de les abattre de nouveau. On fait mine de s'en offusquer. Vous vous rengorgez. Vous vous dites prêt à vous faire embastiller, mais vous avez oublié semble-t-il que la Bastille n'est plus qu'une place, un opéra et une station de métro.

Moi — Il en est bien d'autres qui n'en portent pas le nom. Et vous ne voyez pas qu'on en bâtit sans cesse, moins visibles sans doute mais bien plus imprenables. Répondez-moi franchement : vous respirez à votre aise, ces temps-ci ?

Lui — À qui la faute ?

Moi — La mienne ? Ce serait un singulier paradoxe, encore une fois.

Lui — Pas tant que cela. Votre manque de lucidité, à cet égard, a quelque chose de surprenant. Votre ironie fait le travail qui était autrefois dévolu à des hommes de main trop visibles. Vous préparez le terrain, en rasant tout, pour une implacable domination. Vous ne ferez jamais que servir un cynisme généralisé ; vous n'aurez jamais fait que fragmenter toujours plus une société et replier chaque individu sur ses intérêts privés et féroces — et le rendre d'autant plus vulnérable à des forces qui le dépassent et s'exercent impitoyablement sur lui. Si cela ne m'affligeait pas, je rirais ironiquement de la crédulité des ironistes. Ne voyez-vous pas que l'ironie est devenue l'arme même du pouvoir et qu'elle est en même temps tenue en laisse, d'autant plus inoffensive pour lui qu'elle est spectaculaire ? La plus puissante, la plus totale des oppressions n'est pas celle qui fait taire ses ennemis, mais au contraire les fait parler ; elle a *intégré* sa propre critique, elle a intégré sa marge. Non seulement elle réserve, bonne fille, une place pour l'ironie, mais elle la sollicite — même, elle la professionnalise —, ce qui, quoi qu'on pense, la rend aussi corrosive que l'eau tiède. A-t-on jamais vu que les bouffons de cour, qui font des pieds de nez au roi et des cabrioles dont on feint de s'agacer, sont ceux qui font les révolutions ? Ils distribueront de petits coups de pied à une statue d'airain, mais le plus souvent ils ne feront que la vêtir d'habits plaisants. Relèvent-ils d'autre chose que d'une fonction qui leur est attribuée ? Au mieux, ils donnent la funeste illusion de la liberté de parole.

Moi — Si on ne peut plus rire, dites-le tout de suite : je vais immédiatement me glisser dans le tombeau. Mais pardonnez-moi : j'ai été naïf. Je n'avais pas vu que nous lier les mains était le meilleur moyen d'être libre.

Lui — Vous pouvez bien rire — c'est en effet tout ce qu'il vous reste.

Moi — Eh bien, c'est réussi. Si quelqu'un ose encore se servir de l'ironie, c'est qu'il n'aura pas lu ce livre.

Lui — Vous devriez vous en réjouir : cela en fera beaucoup. Mais c'est vrai, je suis un peu fatigué de toutes ces contradictions et de ces renversements perpétuels du pour au contre. Je vous avouerai que je ne sais plus très bien ce qu'il faut penser de tout cela.

Moi — À la bonne heure, nous avons fait notre office.

Lui — Pas tant que cela. Je crains qu'à la fin nous n'ayons pas réussi à faire un éloge de l'ironie.

Moi — Il est vrai que vous n'avez pas peu contribué à la rendre détestable. On se demandera, après vous avoir entendu, ce qui peut bien faire qu'on s'attache à une pratique aussi odieuse, irrespectueuse, lâche, futile, méchante, hypocrite, hautaine, contradictoire, stérile et destructrice, à une attitude aussi dilettante et irresponsable, petite-bourgeoise et mesquine, à un jeu si funeste et si immature.

Lui — À cela on ajoutera, en vous écoutant, que l'ironiste est un grand malade, que cette maladie, qu'on pourrait même regarder comme une malédiction, paralyse la volonté, qu'elle nous ôte tout bonheur, franchise et sentiment, qu'elle nous retire jusqu'à la douce jouissance d'une bonne compagnie et nous rend aigrement associable, que, quand elle ne nous rend pas malheureux, elle en bouffit plus d'un de suffisance.

Moi — Tout cela est juste.

Lui — Qu'ajouterons-nous alors ?

Moi — Qu'on n'a cependant pas trouvé mieux pour lutter contre la bêtise.

Lui — C'est tout ?

Moi — C'est beaucoup, si l'on considère que la bêtise est la mère de l'oppression et de l'abjection.

Et qu'elle est fille de l'abrutissement et de l'ignorance.

Lui — Voilà de bien grands mots dans la bouche d'un ironiste, et un peu convenus.

Moi — Il ne me coûte rien, à moi, de les employer. J'en ajouterai même. L'art. La littérature. Et inversement, toutes les pratiques d'où l'on bannit l'ironie ne cesseront jamais de m'inquiéter.

Lui — Vous pensez à la messe ?

Moi — Je pense au football.

Lui — Que ferez-vous de l'amour ?

Moi — J'en ferai l'éloge un autre jour.

Lui — Je vois que sur cette question, vous vous esquivez.

Moi — Comme sur les autres, vous l'aurez noté.

Lui — Bon. Qu'allons-nous conclure ?

Moi — Je n'en ai plus la moindre idée.

Lui — Il faudrait demander à un tiers.

Moi — Mais qui ?

Lui et Moi — Qu'en pense l'auteur, finalement ?

(Silence)

III

Conte

Joseph remet ses lunettes, il se cale dans le fauteuil, ajuste le rétroviseur, dit bonjour messieurs aux deux clients qui viennent de monter dans son taxi, un vieillard au regard clair et froid et un jeune homme, beau et ennuyé, il met le compteur, où va-t-on, une adresse du côté de la porte d'Auteuil, d'accord, et voilà le taxi parti.

Pour la porte d'Auteuil, il fallait traverser une bonne partie de Paris. Mais le matin, ça roulait bien par là. Il ajusta encore son rétroviseur ; à l'arrière, les deux passagers discutaient à mi-voix. Il avait failli les manquer, ne les ayant aperçus qu'au dernier moment qui le hélaient tandis qu'il tournait le coin de la rue en rêvassant, c'était sa dernière course de la journée, ou plutôt sa dernière course de la nuit. Il n'était pas spécialement fatigué, habitué maintenant au rythme inversé du jour et de la nuit, du sommeil et de la veille. Les gens croient qu'il faut des raisons particulières pour travailler de nuit, et aussi qu'on est très différent de la population diurne, qu'on voit les choses autrement ; certains imaginent du mystère et, pourquoi pas, un savoir ésotérique de la vie et de la ville qu'on tirerait d'une expérience si singulière ; ils croient qu'on voit des choses qu'ils ne voient pas, parfois on sent aussi qu'ils vous plaignent, comme si ce n'était pas un choix mais une obscure malédiction qui vous enchaînait là, à ce travail de nuit, ils imaginent une terrible solitude, ou une solitude misérable. Ils pensent que vous ne pouvez pas avoir de femme. Tout cela est faux, bien sûr.

Au croisement de Saint-Michel, le feu est rouge. Il en profite pour s'observer lui-même dans le rétroviseur. Il a les yeux secs. Puis de nouveau ses passagers, car, malgré les centaines de clients qui se sont succédé dans son taxi, il n'a jamais appris, en se tenant à l'avant comme en lisière de l'humanité, à se désintéresser totalement des physionomies. Le vieillard surtout retient son attention, un homme imposant, une belle prestance, il lui trouve un air de ressemblance avec son père. Un homme dur, peut-être, sans indulgence, mais droit, juste, fiable. Sa manière de converser avec le jeune homme, affable, peut-être attentive, atténue la froideur du regard. Non, pas un homme dur. Le jeune homme, quant à lui et pour ce que Joseph peut en voir, répond le plus souvent par monosyllabes, parfois même d'un simple haussement de sourcil, non pas agacé, mais comme lassé, peut-être tristement. Ils doivent sans doute sortir de Notre-Dame, des touristes, du moins des visiteurs. Alors, pour la forme, parce que le feu est au rouge et aussi parce que c'est sa dernière course de la nuit, il leur demande s'ils visitent Paris. La conversation à l'arrière s'interrompt, ils le regardent par le truchement du rétroviseur, le jeune

III. Conte

homme ne répond pas et le fixe durement, importuné. Le vieillard cependant a la courtoisie de lui répondre, après une minute de silence, et même il lui sourit : oui, ils visitent Paris, ils sortent de Notre-Dame où ils n'étaient pas allés depuis longtemps ; oui, ils ont trouvé belle la cathédrale, mais bruyante, aussi. Même à cette heure-ci, il y a beaucoup de touristes. Le jeune homme affecte de regarder par la vitre. Le feu passe au vert.

Mais la voiture s'est trouvée bientôt arrêtée de nouveau, il y a un peu de trafic, ce qui est plutôt inhabituel à cette heure de la matinée. Après un moment de silence, la conversation à l'arrière a repris, presque chuchotée cette fois, et pourtant Joseph, sans même s'y efforcer, l'entend plus distinctement. Il s'efforcerait plutôt de ne pas y prêter attention, mais les mots viennent à lui, le vieillard disant au jeune homme tu verras, cela au moins te divertira, l'autre répondant finalement ces divertissements-là me lassent.

On n'avançait pas, et même de moins en moins. Il crut entendre le mot *instructif*. Un divertissement instructif, Joseph se prit malgré lui à imaginer de quoi il pouvait être question. Un divertissement instructif qu'on propose à un beau jeune homme qui s'ennuie, qui peut-être est triste. Un divertissement qui se trouve dans le quartier de la porte d'Auteuil. Ou peut-être évoquaient-ils autre chose encore. Joseph n'était pas indiscret, et, à dire vrai, pas même curieux, mais on n'avançait pas et les mots venaient à lui. Tassé dans son siège, un peu courbatu de la nuit, il regardait distraitement, sur le côté, le quai des Orfèvres, mais quelque chose le ramena à son taxi, qu'il ne comprit pas très bien d'abord, un sentiment diffus qui se précisa dans un certain malaise, finalement l'intuition absurde mais désagréable qu'il était désormais, et sans qu'il sache pourquoi, l'objet de leurs regards et que cette conversation murmurée à l'arrière ne se tenait que comme un arrière-fond indifférent à leur intérêt commun. Aussi ne put-il s'empêcher de jeter un nouveau coup d'œil dans le rétroviseur et il fut confirmé : ils le regardaient l'un et l'autre maintenant et leur conversation s'était tue.

Mais, après un instant et comme pour prévenir son trouble, le vieillard lui sourit aimablement et s'excusa, ils ne voulaient pas être désagréables ou indiscrets, simplement, voilà, ils se demandaient si Joseph avait toujours exercé cette profession, et de nuit, et si même ils n'avaient pas eu l'occasion, un jour ou l'autre, de le croiser en d'autres circonstances. Il n'y avait dans ses paroles pas de trace de moquerie ou de malignité, son sourire était franchement amical ; mais au lieu de répondre à la question, il vint à Joseph une idée saugrenue et il demanda sans même y réfléchir vraiment si c'était lui qui devait être l'objet de ce divertissement instructif.

D'abord interloqués, les deux hommes échangèrent entre eux un regard d'incompréhension ; puis le vieillard eut un rire bref et bienveillant, tandis que le jeune homme lui-même esquissait un sourire qui bouleversa soudain entièrement sa physionomie. Joseph fut un instant frappé de ce visage qui, d'un seul coup, s'éclairait et dont la beauté avait pris si soudainement un éclat à la fois limpide et douloureux. Le vieillard se pencha légèrement vers l'avant, il n'était pas sûr de comprendre exactement

III. Conte 105

ce que Joseph voulait dire, mais il s'empressait de le rassurer, et il s'excusait même, une nouvelle fois, si leur curiosité l'avait blessé. Joseph ne comprenait pas pourquoi la circulation était si dense à cette heure de la matinée, il dit : je ne sais pas pourquoi j'ai dit cela. Il ajoute : au moins, il fait beau.

Ainsi donc, avait-il toujours été chauffeur de taxi ? Mais qui est-ce qui peut dire qu'il a toujours été chauffeur de taxi, surtout par les temps qui courent ? Il doit bien y en avoir un, dit le jeune homme qui paraissait maintenant disposé à la conversation, il y en a même un qui fait ça de toute éternité. Joseph le regarde dans le rétroviseur, puis hausse légèrement les épaules : il a dû en voir, du monde. Pas mal, oui, et en plus la clientèle n'est pas nécessairement dans de bonnes dispositions. En revanche, il doit bien gagner sa vie. Bah, l'argent, ça va, ça vient, et dans ce métier, d'ailleurs, ça viendrait plutôt lentement. C'était une remarque de bon sens et convenue et il s'en excusait, mais que voulez-vous elle était vraie aussi. Et Joseph stoppa de nouveau la voiture parce que décidément il y avait un embouteillage.

On entendit alors un bruit à l'arrière du véhicule, un choc peut-être, et le vieillard, croyant sans doute qu'une voiture venait de les heurter, se retourna. Mais Joseph lui dit vous inquiétez pas, c'est mon chien.

Vous gardez votre chien dans votre coffre, la pauvre bête ? Oh ça, répond Joseph, c'est toute une histoire, si je vous racontais. Vous craignez d'incommoder les clients en le gardant avec vous dans la voiture ? Joseph soupire : oui, c'est un peu ça. Et il ajoute mais ce n'est pas exactement ce que vous pensez : ce qui incommoderait, ce n'est pas le fait que ce soit un chien, pas même l'odeur dans la voiture, c'est plutôt sa tête. Il est dangereux ? Non, non, il n'est pas dangereux, enfin je ne sais pas, je veux dire, je sais pas si on peut dire ça, c'est simplement qu'il a une mauvaise tête. Joseph voyait bien que ses deux clients s'interrogeaient du regard et que peut-être ils s'inquiétaient. Il répéta : rassurez-vous. Mais le jeune homme avait repris son air ennuyé, et c'est avec lassitude qu'il demanda et qu'est-ce qu'elle a de particulier, sa tête. Il a une mauvaise tête, c'est tout. On dirait qu'il sourit.

Après un temps de silence, pendant lequel la voiture a parcouru à peine vingt mètres (il semble que l'embouteillage devienne inextricable), le vieillard se penche de nouveau vers lui : un chien qui sourit, c'est plutôt agréable. Pas lui, monsieur, il sourit, vous n'allez peut-être pas me croire, il sourit méchamment. Méchamment ? Oui, je ne sais pas comment dire autrement : méchamment. Ce n'est pas qu'il est méchant réellement, je veux dire, il n'attaque pas, mais il vous regarde et il sourit méchamment, c'est très gênant pour les gens. Et vous, ça ne vous trouble pas ? Pourquoi avez-vous choisi un chien pareil ? Et le jeune homme compléta : d'ailleurs, on comprend qu'il finisse par sourire de cette manière s'il passe des heures dans un coffre de voiture. Pourquoi prendre un chien si c'était pour lui faire subir un tel traitement ?

Mais le jeune homme ne paraissait pas vraiment soucieux du sort de cette pauvre bête et affectait lui-même un sourire désagréable (et Joseph pensa que ce sourire était un peu celui de son chien, mais il ne dit rien sur ce sujet). Oh ça, c'est aussi toute une histoire. Mais comme il semblait qu'on n'était pas près d'atteindre cette adresse de la porte d'Auteuil, on avait du temps pour une telle histoire. C'est en tout cas ce que dit le vieillard, tandis que le jeune homme, lui, paraissait plutôt considérer qu'on aurait dû l'employer, ce temps, à trouver un autre itinéraire. Il faudrait que je vous parle de moi, mais comme j'ai cinquante-six ans et que j'ai eu une vie un peu particulière, je crois que ça nous prendrait trop de temps. Et d'ailleurs ça ne les intéresserait guère. Alors je vous dirai simplement que si j'ai choisi un chien pareil (ou plutôt, je l'ai trouvé, je l'ai trouvé comme ça, un jour, devant ma porte, et je l'ai adopté), c'est parce que moi-même, voyez-vous, j'ai un petit problème, enfin un gros problème, ça dépend du point de vue, un gros problème pour moi, enfin ça a été un problème dans ma vie (mais qui n'en a pas ?), ça va vous faire rire peut-être (mais il doutait que cela fît rire le jeune homme, et d'ailleurs il n'avait pas trop envie de voir comment le jeune homme riait), ça va vous faire rire : je pleure.

Brusquement la circulation repartit et ils crurent que, cette fois, on allait pouvoir rouler sans encombre. Mais Joseph n'avait pas franchi la place de l'Institut que le trafic se densifiait de nouveau. Ah ça bon Dieu, je ne sais pas ce qui se passe aujourd'hui. Ne vous inquiétez pas, dit le vieillard, nous avons un peu de temps ; nous n'avons pas de rendez-vous précis, la personne que nous allons voir ne nous attend pas. Donc vous pleurez ? Pardonnez-moi, mais je ne vois pas là quelque chose de très particulier, c'est plutôt le contraire qui nous aurait surpris. C'est que je me fais mal comprendre : je pleure, c'est, comment dire, c'est un état, je ne sais pas, un état permanent, enfin, comme une maladie, une maladie de naissance, depuis ma naissance je pleure. Sans arrêt ? Non pas sans arrêt mais tout le temps, à la moindre occasion, comme ça. Enfin, pour être plus précis, chaque fois que je vois quelqu'un. Les deux clients, de nouveau, échangent un regard. Mais c'est au tour du jeune homme de se pencher vers l'avant, dans son dos, et de lui dire, d'un ton un peu railleur peut-être, mais là, par exemple, avec nous, vous ne pleurez pas. Eh bien non, ça, je dois vous dire, j'en suis le premier surpris, c'est vrai : j'ai les yeux secs. Alors le jeune homme se tourne vers le vieillard en souriant : je ne sais pas s'il faut prendre cela comme une marque d'honneur. Pour tout vous dire, ça ne m'est arrivé qu'une seule fois auparavant, de ne pas pleurer, et c'est quand ma femme m'a quitté. Ça, dit le jeune homme, c'est déjà moins surprenant. Mais il semble à Joseph que le vieillard fait un signe imperceptible vers son compagnon, comme pour lui demander il ne sait quoi, de se taire peut-être, ou d'attendre (mais quoi ?).

Oui, je vois ce que vous voulez dire, mais ce n'est pas ce que vous croyez, j'avais vraiment de la peine, et c'était d'autant plus ridicule, et même triste à voir. Il fallait la comprendre aussi, partager la vie de quelqu'un qui pleure sans arrêt ne devait pas être très drôle, on se demande qui résisterait à ça. D'ailleurs même ses propres parents avaient été les premiers à se lasser. Au début ils en étaient émus, évidemment, ils cherchaient à le consoler : un enfant qui pleure comme ça, c'est triste à voir, ça leur brisait le cœur. Mais vous comprenez, en fait, *je n'étais*

III. Conte

pas malheureux, je pleurais, tout simplement. On allait chez mes grands-parents, au Blanc-Mesnil, ils ouvraient la porte, ils me pressaient gaiement contre eux, et moi je les regardais, je les regardais bien dans les yeux, et je pleurais — je ne savais pas moi-même si j'étais vraiment triste, et de quoi, mais c'était irrésistible. Au bout d'un moment, ils en étaient gênés, peut-être même agacés, comme mes parents. Mais enfin pourquoi tu pleures comme ça ? tu n'es pas heureux de nous voir ?, etc. Qu'est-ce que je pouvais leur répondre ? Je leur disais mais non mamie, je suis pas triste, je suis heureux d'être là, mais je ne peux pas m'en empêcher. À la fin, ils n'y prêtaient plus attention, et c'était ce qu'il y avait de mieux à faire ; pour moi-même, pleurer était devenu une activité aussi mécanique que de respirer ou de parler. Mais par moments, mes parents poussaient de gros soupirs en me regardant, qui n'étaient plus de compassion, les mêmes soupirs que poussait ma femme à la fin, avant qu'elle me quitte. Peut-être qu'ils se demandaient ce que j'allais devenir dans la vie, avec un handicap pareil, et c'est vrai que ce n'était pas facile, vous imaginez pour les examens par exemple, j'entrais dans la salle, je voyais le jury, je les regardais bien, je pleurais, ça indisposait tout le monde. Et à l'école, évidemment, une réputation de femmelette, même les filles en riaient.

Votre vie a dû être un calvaire, dit doucement le vieillard. On était maintenant sur le quai Anatole-France. Pas tant que ça, il ne faut pas exagérer, je m'en suis plutôt bien sorti. Par exemple, j'ai compris rapidement que j'avais plutôt intérêt à baisser les yeux, c'est-à-dire à ne pas regarder les gens dans les yeux, mais cette attitude elle aussi peut être mal interprétée, elle m'a donné un air fuyant, pas franc. Le jeune homme regardait de nouveau par la vitre, l'histoire commençait à l'ennuyer visiblement. Au niveau du pont de la Concorde, ils furent encore arrêtés par la circulation. Mais enfin bon Dieu, c'est pas possible, pourquoi diable est-ce qu'il y a autant de monde. Les deux clients échangèrent des paroles qu'il n'entendit pas. Je vous ennuie avec mes histoires, pardon. Mais non, pas du tout, il ne fallait pas croire ça, au contraire. Bon je termine juste avec ça, pour vous dire que je m'en suis plutôt bien sorti, et même plutôt très bien parce que, par exemple, j'ai gagné beaucoup d'argent. Au cinéma ? ne put s'empêcher de demander le jeune homme. Non, dans les communications. Votre handicap, comme vous dites, vous a servi ? En un sens oui, répond Joseph en enclenchant la première, et le paradoxe, c'est qu'il m'a servi parce qu'il a empiré. Et il leur dit qu'à cette époque, il ne lui était même plus nécessaire de regarder les gens pour pleurer, qu'il suffisait qu'il les entende, qu'il entende ce qu'ils disaient et même simplement leur voix.

Par une suite de hasards et de péripéties dont je vous passe le détail, je me suis retrouvé propriétaire d'une petite officine de téléphones, comme on en voit partout, où les gens peuvent téléphoner à leur famille qui est restée à l'autre bout du monde, au Kenya, en Chine, au Pakistan, au Maroc. C'était une toute petite officine, il y avait sept cabines, et aussi une photocopieuse (30 centimes la copie), dans un quartier populaire, comme on dit. Je possédais ça avec un associé. Et vous savez peut-être comment c'est, les cabines ne sont pas totalement insonorisées, loin de là, en fait on entend presque tout, quand on se tient derrière le comptoir. Alors je les entendais, qui téléphonaient à leur cousin au Mali, à leur sœur ou à leur frère à Dakar, ou à leur femme à Mumbay. Et je pleurais, doucement, le plus discrètement possible. Vous allez me dire que je ne parlais pas toutes les langues de la terre (car on y parle toutes les langues de la terre, je vous jure), mais je n'avais pas besoin de comprendre, comme je vous l'ai dit, il me suffisait d'entendre les voix. Alors ils ressortaient de leur cabine, ils se dirigeaient vers le comptoir pour payer, et ils voyaient que je pleurais — et certains d'entre eux pleuraient aussi, d'ailleurs, en sortant de la cabine. Ça devait grandement les indisposer, non ? Eh bien non, justement, ça n'a pas nui au commerce, bien au contraire, et c'est mon associé qui me l'a fait remarquer le premier (lui il n'était pas du genre à pleurer). En fait, les gens comprenaient rapidement que je ne pleurais pas, comment dire, que je ne pleurais pas sur moi, enfin, que je ne pleurais pas parce que j'avais des soucis, que j'étais déprimé ou quelque chose comme ça (ce qui fait qu'ils ne cherchaient pas à me consoler de quoi que ce soit) ; non, ils comprenaient que je pleurais à cause d'eux, peut-être qu'il faudrait plutôt dire *sur* eux. Et finalement, c'était comme s'ils m'en étaient reconnaissants, peut-être que ça les soulageait, que ça les consolait — en tout cas ça leur faisait du bien, et certains me touchaient la main en souriant tristement. Rares étaient ceux qui en sortaient exaspérés, dit Joseph. Et tandis que la circulation, décidément capricieuse, était redevenue fluide, il leur rapporta telle ou telle conversation qu'il avait eue avec ses clients, telle anecdote, et aussi des fragments de leur vie à eux, et il aurait pu continuer ainsi jusqu'au réveillon, c'est en tout cas ce que semblait se dire le jeune qui bâillait avec ostentation, et comme c'est peut-être également ce que se dit le lecteur, qui par certains points pourrait bien ressembler à ce jeune homme (mais par d'autres au vieillard), on gagnera à en ajourner le procès-verbal.

Vous aurez compris que cela fournissait finalement un avantage commercial à l'entreprise : ça se savait, les gens venaient toujours plus nombreux, non pas exactement pour me voir pleurer, comme s'il s'agissait d'une attraction de cirque, mais parce que je pleurais en les regardant et en les entendant. Les affaires ont très bien marché (c'est d'ailleurs la seule fois, parce que pour le reste cette particularité m'a tout de même plutôt desservi, comme lorsque j'ai été pendant un temps serveur au café des Galeries Lafayette, ou que j'ai été, juste avant de devenir chauffeur de taxi, conducteur de bus sur le 63 — j'ai été congédié pour troubles psychiatriques), elles ont si bien marché qu'on s'est agrandis, mon associé et moi, et qu'on est devenus riches, je n'ai pas peur de l'avouer. Bientôt nos boutiques étaient connues de tout l'arrondissement, et j'étais obligé de courir de l'une à l'autre pour ne pas décevoir la clientèle et qu'ils ne se retrouvent pas, en sortant de leur cabine, en face d'un employé lambda qui se contentait d'encaisser leur pauvre monnaie. C'était astreignant, mais j'en étais heureux. Et Joseph suggère un changement d'itinéraire au niveau des Invalides. Je ne pense pas, dit le vieillard, qu'on avancera plus vite pour autant, ce n'est pas grave, continuez. Et le jeune homme regardait maintenant le ciel où l'on voyait se former de petits nuages pommelés, très haut, dans un vide magnifique. Et il sourit.

De temps en temps, on entendait le chien, dans le coffre, qui remuait ou donnait des coups, peut-être en cherchant une position plus confortable.

Avec la richesse vient la considération, n'est-ce pas ? Joseph était devenu un véritable chef d'entreprise, et comme tel il avait changé de société, il entrait dans certains cercles dans lesquels, à mesure qu'ils devenaient plus élevés, on lui demandait moins comment il y était parvenu et comment il gagnait son argent. C'est dans l'un de ces cercles qu'il avait fait connaissance de sa future femme. Au début certes, là comme ailleurs, on s'interrogeait sur cette propension à pleurer, sur ces pleurs qui se transformaient désormais en or ou du moins en argent, sur ce que l'associé de Joseph appelait leurs véritables et intarissables ressources humaines ; mais on s'y habituait, en tous les cas on ne s'en inquiétait ou ne s'en offusquait plus. On laissait Joseph pleurer dans son coin. Vous lui tendiez la main, il vous fixait de ce drôle de regard qui immédiatement s'humidifiait, vous faisiez comme si de rien n'était et vous parliez des affaires avec lui le plus naturellement du monde, de politique, de culture. Et c'est ainsi qu'il fit la connaissance de sa femme, qui, elle, était plutôt dans le monde de la culture que dans celui des télécommunications pour immigrés. Si quelque chose avait accroché entre eux, presque dès le début, dit Joseph, c'était sans doute qu'elle s'était beaucoup troublée devant ses larmes et Joseph avait cru percevoir comme un geste réflexe de sa main qui avait failli se porter sur son visage, presque instinctivement, qu'elle avait retenu finalement. Il leur dit de nouveau vous ne voulez pas qu'on prenne par le pont de l'Alma ? C'était inutile, car il était également très encombré. Il se penche un peu en avant, tâche d'apercevoir le ciel par le pare-brise, on dirait que ça se couvre un peu, dommage. Oui, elle avait peut-être eu ce geste de la main immédiatement retenu et lui avait souri au lieu d'entamer la conversation, et il semblait à Joseph que ce sourire avait duré un certain temps. Mais là aussi on épargnera au jeune homme à l'arrière et au lecteur le temps que dura ce sourire, et le temps que dura ce qui avait suivi le sourire. Mais Joseph en aurait, des choses à dire, ça oui, il aurait beaucoup de choses à dire sur les personnes qu'il s'était mis à fréquenter, sur celles qu'elle lui avait fait connaître, comme cet homme, un intellectuel, qui s'était brusquement mis en colère en le voyant pleurer devant lui, croyant qu'on se moquait de lui, puis avait donné à Joseph une tape amicale en lui enjoignant de devenir plus fort. Non, en réalité, il n'y avait pas tant de choses à en dire, ce n'était pas si intéressant que ça. Mais il se reprit encore une fois, il voulait dire que, en même temps, il y avait beaucoup trop à en dire et à raconter, qu'il y avait la matière pour des quantités de romans (et qu'on trouvait d'ailleurs cette matière-là déjà dans beaucoup de livres à ce qu'il pouvait supposer), comme du reste il semble que les gens réagissent de manière extrêmement variée et souvent imprévisible au fait qu'on pleure sur eux. Mais comme il commençait à comprendre ce qui se passait, il se dit intérieurement qu'il réserverait pour un autre moment le récit de ces anecdotes innombrables. Et il se contenta de conclure sur ce point que, en somme, il avait été heureux d'apprendre beaucoup de choses et de n'être pas resté un inculte au

III. Conte

fond de son officine, même s'il n'était pas devenu beaucoup plus fort. Il lui arrivait de mouiller de ses larmes des chemises Armani. Mais le vieillard lui demanda comment alors, s'il n'était pas indiscret de poser la question, il se faisait que son mariage avait capoté.

En jetant un œil dans le rétroviseur, pour, en quelque sorte, lui parler mieux en le regardant, Joseph vit que derrière eux les nuages commençaient à s'amonceler et il semblait bien que le temps de la journée allait finalement virer à la pluie alors qu'il faisait si beau ce matin. Il ne savait pas si les deux événements étaient réellement liés, mais il devait constater que la dégradation de leur relation avait plus ou moins coïncidé avec le début de ses difficultés commerciales et financières. Ce n'était pas que son entreprise avait montré des signes inquiétants, au contraire elle se portait à merveille, elle était plus que jamais florissante et c'était bien cela, en un sens, qui avait précipité sa ruine, parce qu'il semblait que ce succès avait tant excité la convoitise de son associé que celui-ci avait fini par trouver intolérable de partager les revenus. On peut toujours accuser la nature humaine, mais il fallait surtout reconnaître que Joseph avait commis des erreurs impardonnables, en particulier celle de signer un nouveau contrat d'association avec son partenaire au moment de l'agrandissement de l'entreprise : il n'avait tout simplement pas regardé un certain nombre de clauses inscrites en tout petit. L'une d'elles, à laquelle il avait donc donné un accord à l'aveugle, stipulait que si l'un des deux associés se révélait, pour une cause ou une autre, médicalement déficient et incapable de gérer l'entreprise en commun, celle-ci devait revenir à l'autre ou quelque chose comme ça (il s'embrouilla dans la description de la clause), en sorte qu'on peut aisément imaginer ce qu'imagina l'associé. Experts à l'appui, Joseph fut finalement convaincu d'incapacité mentale, pour pleurer un peu plus que de coutume, et c'était d'ailleurs la première fois, et d'ailleurs la dernière, que son cas devenait une véritable maladie aux yeux de la faculté. Il leur sembla qu'à l'arrière, dans le coffre, on donnait un coup plus puissant et plus sec, le chien au méchant sourire avait dû se cogner sévèrement le museau.

Bien sûr, il s'était défendu comme un beau diable, mais il fallait bien avouer que son état de larmoiement permanent n'aidait pas sa cause, quand il n'indisposait pas franchement ses propres avocats. On s'acheminait irrémédiablement vers le désastre, pour le coup c'est sur lui-même qu'il aurait pu pleurer, mais, à un moment donné, il s'était mis dans la tête qu'il y avait quelque chose comme une justice dans cet ironique coup du sort, faire commerce des larmes, n'est-ce pas, même de cette façon assez innocente, c'est peut-être mal, vous ne trouvez pas, en tout cas c'est ce que je me disais peu à peu, au point même que je finissais par voir avec un certain soulagement la déroute s'annoncer. Mais ce n'était pas exactement l'avis de sa femme, apparemment, qui commençait à trouver plus pénible d'endurer un mari pleurnichard dans ces conditions ; il semblait que la patience de ses amis, elle aussi, commençait à accuser le coup, même si, bien sûr, ils n'auraient voulu pour rien au monde abandonner un ami au milieu des difficultés. Les nuages avaient maintenant recouvert une bonne partie du ciel, une lumière plus parcimonieuse et plus agressive s'insinuait. Il y avait

III. Conte

eu des discussions pénibles, des éclats, surtout de sa part à elle, des mises en demeure détestables, mais il ne voulait pas gêner ses clients avec le récit de ces petits détails sordides qui constituent le quotidien d'un couple qui se défait. Et il paraissait en effet que le vieillard lui-même commençait, presque imperceptiblement, à montrer moins d'indulgence pour ce récit interminable qu'il avait pourtant sollicité. Joseph s'en aperçut, ça roulait mieux, il se tut.

Mais comme le récit est resté pour ainsi dire suspendu, le silence qui s'ensuit a quelque chose de pesant et de désagréable, d'autant qu'on entend plus distinctement du coup, à intervalles réguliers, les allées et venues du chien dans le coffre. Alors Joseph trouve utile de reprendre la conversation et se montre à son tour indiscret en demandant si ces messieurs vont rejoindre une connaissance, porte d'Auteuil, un quartier bien cossu, au demeurant, s'il pouvait se permettre. Il crut un moment que sa question avait contribué à enfoncer plus encore ses clients dans leur mutisme, mais voilà que le vieil homme au regard clair lui répond tout de même que non, pas vraiment, et il regarde cette fois intensément Joseph par le truchement du rétroviseur, et Joseph, tout en conduisant, le regarde à son tour, et ils se dévisagent ainsi pendant quelques secondes, Joseph tourne les yeux vers le jeune homme qui lui aussi le regarde de son air triste et ennuyé, mais contre toute attente, le vieil homme précise ce que Joseph suppose déjà, ce qu'il suppose depuis un certain temps, que l'homme qu'ils vont voir est lui aussi très riche, mais qu'il ne se contente pas d'être riche, qu'il est, ce qui n'est pas aussi incompatible qu'on le pense généralement, qu'il est *bon* — c'est le terme qu'emploie le vieil homme —, qu'il est bon, il le répète plus doucement et comme pensivement, et que sa famille est aussi l'une des plus belles, des plus harmonieuses que l'on puisse imaginer, et le vieil homme se recale sur la banquette arrière sans quitter Joseph des yeux.

Joseph se contente de hausser faiblement les épaules, en murmurant l'heureux homme. Heureux homme en effet, renchérit le vieil homme. Cette remarque ramène Joseph à sa propre vie, dont il ne saurait dire finalement si elle est heureuse ou non, et à la fin de son mariage qui, elle, ne fut pas vraiment une partie de plaisir. Il leur dit figurez-vous qu'un soir, au cours d'une des dernières disputes, elle m'a sommé d'arrêter de pleurer ; mais lui ne pouvait pas, évidemment, elle lui dit tu ne peux pas savoir comme c'est minant, comme c'est destructeur pour une jeune femme comme moi, qui était si gaie, si légère, j'ai l'impression maintenant de porter sur mes épaules un poids écrasant, j'en ai même la respiration oppressée, je n'arrive plus à me concentrer au travail, il m'arrive même de pleurer. Et elle ajoute fais un effort. Mais quel effort ? Je n'y peux rien, je ne demanderais pas mieux, crois-moi. Alors, tandis que le ciel orageux paraît s'être vertigineusement rapproché de la terre, elle se plante devant lui, dit-il, elle s'est planté comme ça, devant moi et elle m'a dit : tu n'as qu'à sourire.

Ses clients écoutaient-ils encore, à dire vrai ? Ils regardaient chacun de leur côté par les vitres de la voiture, ils voyaient les nuages gonfler au-dessus de la Seine, peser sur les toits, avancer vers eux, se rassembler. Oui, ils écoutaient. Tu n'as qu'à sourire. Alors, oui, il avait souri, mais le résultat, comme ils pouvaient l'imaginer, n'avait pas été à la hauteur, il avait même été désastreux, parce qu'il n'y a rien de pire pour le cœur que de voir sourire quelqu'un à travers ses larmes, ça vous brise assurément le cœur si vous en avez un, il avait souri timidement, maladroitement, pitoyablement. Cependant elle n'avait pas eu le cœur brisé, on ne pouvait pas dire ça (ce qui lui avait brisé le cœur, c'était plutôt le déclin de sa fortune), elle était furieuse, et lui, à court de ressources. Dans ces conditions c'était la fin. La chose avait traîné encore un peu, lui-même avait traîné encore un peu dans cette existence qui maintenant se dépeuplait à vive allure. Il s'était un temps obstiné et avait tâché de perfectionner ce sourire désastreux qui aurait dû conjurer l'affligeant spectacle de ses larmes continuelles, mais rien n'y avait fait, c'était toujours pire et ce triste sourire suscitait toujours plus l'animosité, car si les gens trouvaient gênant d'être l'objet de larmes, ils prenaient plus mal encore le triste sourire qui se posait sur eux et qui, par ce jeu de physionomie, semblait les plaindre d'une manière si offensante. Ils se sentaient jugés, et par qui, je vous le demande, par un commerçant enrichi, qui avait l'air d'insinuer par ce sourire doucereux et ces larmes discrètes que leur condition n'était pas si enviable, qu'ils étaient plus dignes de pitié que d'envie ou d'admiration.

De l'autre côté de la Seine, on voyait maintenant le Trocadéro, et le vieil homme, à l'arrière, s'était redressé, sans doute pensait-il davantage maintenant à la personne qu'ils devaient retrouver et qui ne les attendait pas. Le divorce avait à peu près coïncidé avec la perte de son affaire, de sorte qu'il se retrouvait sans un sou et sans femme, avec juste les yeux pour pleurer c'était bien le cas de le dire. Il faisait remarquer qu'il aurait pu lever les bras au ciel, accuser le sort, la fortune et les hommes (et les femmes), qu'il aurait pu maudire le jour de sa naissance et plus encore Celui qui lui avait donné des yeux pour pleurer et l'avait affligé de cette tare, il était près de le faire d'ailleurs, lorsque, la dernière matinée, sa femme avait rassemblé ses dernières affaires et quitté leur confortable appartement hypothéqué. Et c'était là, au moment des adieux, que, pour la seule et unique fois de son existence jusqu'à maintenant, il n'avait pas pleuré, il l'avait fixée longuement comme on fait lorsque l'on a épuisé les ressources du langage, et les larmes n'étaient pas venues. Elle en avait été presque aussi interloquée que lui, mais la chose arrivait trop tard, et elle y avait bien plutôt vu une confirmation de ce que Joseph n'avait fait jusque-là que jouer une sinistre comédie, et la porte avait claqué. Oui, la porte définitivement claquée sur sa fortune et son mariage, il aurait pu maudire le ciel et s'arracher les cheveux, mais au lieu de cela il avait trouvé un chien.

Et, pour autant qu'on eût encore un peu de temps avant d'arriver, il était prêt à raconter l'histoire de ce chien, ou plutôt les péripéties qui avaient suivi la découverte de ce chien, là, sur le palier, à peine quelques minutes après le départ de sa femme. Mais le jeune homme à l'arrière montrait des signes de plus en plus évidents d'impatience et lançait des coups d'œil fréquents à son voisin, il se lassait vite des histoires des hommes, comme qui les connaît toutes et pour qui elles se ressemblent toutes. Son voisin le vieil homme affectait plus d'indulgence, mais quelque chose d'autre le préoccupait davantage, semblait-il, il regardait alternativement Paris qui défilait à allure raisonnable et le chauffeur, qui maintenant ne les regardait presque plus dans le rétroviseur. C'était un curieux chien, comme il l'avait déjà dit, et naturellement, sa première impression avait été défavorable. Le chien se tenait là posé sur le seuil à la manière d'un paquet abandonné, assis sur ses pattes de derrière, tendant le cou vers lui et souriant de son sourire méchant. Il ne grognait pas, pourtant, on ne pouvait pas dire qu'il faisait peur, ce n'était pas ça. Dans la mesure où l'on pouvait connaître quelque chose à la psychologie des chiens, il ne donnait pas l'impression d'avoir envie de mordre ou de vous sauter à la gorge ; il semblait plutôt attendre tranquillement de pouvoir entrer chez Joseph et de s'y installer tout aussi tranquillement, comme s'il avait trouvé là le foyer qui lui était destiné. Qu'est-ce que vous auriez fait, à sa place ? Joseph l'avait laissé entrer ; le chien, comme s'il connaissait déjà l'appartement, s'était dirigé droitement vers un coin du salon, près du balcon, il s'était couché là, la tête entre les pattes et sans se départir de ce sourire méchant, et voilà tout, on n'a pas à méditer sur le comportement des chiens.

Et d'ailleurs, ajoute Joseph sans plus se soucier de l'attention de ses clients à l'arrière, c'est tout ce qu'il faisait ce chien, il n'avait pas par ailleurs un comportement plus bizarre que les autres chiens, c'est plutôt les gens qui avaient un comportement bizarre en sa présence. Enfin, il valait mieux dire en leur présence à tous les deux, parce que désormais Joseph ne se déplaçait plus sans son chien souriant tandis que lui continuait à pleurer, et les gens qu'ils rencontraient étaient confrontés à cette obligation de devoir regarder alternativement, si ce n'était simultanément, le sourire et les larmes et ça en déstabilisait plus d'un, ça c'était sûr. À dire vrai, ça ne facilitait pas non plus sa vie quotidienne, déjà péniblement accablée par sa ruine et son désastre conjugal, mais finalement il s'était attaché à ce chien pour lequel, cependant, il était assez difficile d'avoir de la sympathie. Et à un moment, le vieil homme qui scrutait toujours plus attentivement la route et ses à-côtés demanda s'il ne fallait pas bientôt tourner pour enjamber la Seine, là, par le pont Mirabeau, là, il avait dit là, attention on allait le dépasser, il fallait ralentir, mettre son clignotant, c'était là, le pont Mirabeau, mais qu'est-ce qu'il attendait pour mettre son clignotant, mais enfin, c'était bien le pont Mirabeau et, par-delà, la direction de la porte d'Auteuil, ne le voyait-il pas, le pont Mirabeau, là, tout de suite, là, là, à droite, là, bon Dieu.

Mais trop tard et on dépassa le pont Mirabeau, continuant imperturbablement sur le quai Citroën.

Les deux clients se regardent, regardent le pont Mirabeau disparaître derrière eux, se regardent une nouvelle fois, regardent Joseph dans le rétroviseur, mais Joseph quant à lui regarde la route, disant un divertissement instructif je sais bien ce que c'est, un divertissement instructif. Alors le vieil homme, qui, un moment auparavant, au moment où l'on se trouvait près du pont Mirabeau, avait élevé la voix, lui demande d'un ton radouci s'il n'y a pas moyen de rejoindre la porte d'Auteuil par un autre itinéraire, maintenant qu'on a malencontreusement manqué le pont Mirabeau. À quoi le chauffeur répond de ne pas s'inquiéter et qu'après tout, comme ils l'avaient dit eux-mêmes, ils n'étaient pas attendus à une heure précise et c'était tant mieux parce qu'il n'avait pas fini de raconter ses histoires. Car des histoires, il en avait encore beaucoup à raconter, sans parler de celles qu'il avait omises jusque-là et de celles qu'on lui avait racontées, et après tout ces histoires peuvent bien fournir un *divertissement instructif*, et même plus instructif, s'il pouvait se permettre, que de jouer la vie d'un homme pour un pari céleste, plus instructif que de précipiter un homme heureux et bon dans la misère et le malheur, rien que pour voir ce que ça lui fait et s'il continue à être bon, et pieux pourquoi pas. Vous ne trouvez pas ? Alors le jeune homme triste et ennuyé sourit, comme quelqu'un qui découvre un adversaire à sa taille, tandis que dans le coffre on entend encore remuer le chien ou quelle que soit en réalité la chose qui s'y trouve avec un sourire méchant.

Or, c'était un fait singulier que l'orage si menaçant quelques instants auparavant n'avait finalement pas éclaté, et même qu'au lieu de ça, à mesure qu'on s'éloignait, qu'on passait sous le boulevard périphérique, qu'on traversait Issy-les-Moulineaux, il semblait refluer et se disperser, que le ciel recouvrait peu à peu sa limpidité de la matinée. Il s'était fait un silence dans la voiture dans lequel on sentait bien que chacun des trois réfléchissait à part soi, pendant lequel aussi Joseph rassemblait ses souvenirs et ses inventions, vite, car il s'agissait maintenant de tenir la distance ou la longueur, comme on dit — cette distance et ce temps dussent-ils être *infinis*. Il y avait l'histoire des deux frères qui l'avaient cambriolé et qui n'avaient pas supporté la vue du chien ; l'histoire des retrouvailles avec son ex-associé ; l'histoire de l'employé de banque qui l'avait reçu pour lui signifier les procédures engagées contre lui et qui s'était souvenu que, bien des années auparavant, à l'époque où il venait juste d'arriver en France et qu'il commençait à peine à comprendre ce que signifiait exactement la patrie des Droits de l'Homme, il avait passé de nombreuses heures à téléphoner au pays depuis une officine tenue par un homme qui le regardait en pleurant ; l'histoire de sa participation à un jeu télévisé par lequel il avait cru pouvoir se refaire (et le séjour de vacances qu'il avait gagné à cette occasion) ; l'histoire de ces funérailles dans lesquelles il s'était retrouvé impliqué par hasard en passant devant l'église Saint-Étienne-du-Mont ; l'histoire saugrenue de ce livre qu'on lui avait lancé à la figure depuis la fenêtre d'une voiture, tandis qu'il marchait le long du boulevard Magenta, et qui était un exemplaire bon marché du Livre de Job ; l'histoire pitoyable de son errance dans les interminables couloirs de la station Concorde et des réflexions qu'il s'était faites à cette occasion ; l'histoire de cet homme qui, en le voyant pleurer, l'avait pris dans ses bras en silence et en avait profité pour lui piquer son portefeuille (mais ce n'était pas ce que l'on croyait) ; l'histoire de la tentation qu'il avait eue de s'introduire de nuit chez son ex-femme pour se venger d'elle en jetant par la fenêtre la chaussure de son nouvel amant (mais ce n'était resté qu'une tentation) ; la curieuse histoire de ce poissonnier qui, tandis qu'il lui demandait en pleurant un filet de perche du Nil, avait, sans doute par compassion, à l'insu de son patron et même à l'insu de Joseph, tellement rempli son sac de poissons divers que, une fois rentré chez lui, Joseph avait eu l'impression que les poissons ne cessaient de se multiplier à mesure qu'il les tirait du sac (même chose, une fois, pour les croissants du matin) ; l'histoire de cette promenade dans les bois, avec son chien, où un cerf s'était couché devant lui et l'avait longuement regardé ; l'histoire, aussi, de cette nuit où, pensant à sa femme, il avait eu la tentation de jeter son taxi, et lui avec, du haut du pont Mirabeau (son chien s'était rappelé à lui au dernier moment). D'autres encore, et, bien que soupçonnant que ses clients, à l'arrière, connaissaient déjà toutes ces histoires, il s'apprêtait à les raconter, mais il avait aussi envie, avant de s'arrêter un instant sur le bord de la route, lorsque l'on aurait tout à fait quitté Paris et sa banlieue, pour enfin sortir son chien du coffre et l'installer à côté de lui, à l'avant.

Fatalistes, ses deux clients s'étaient rencognés dans la banquette arrière et chacun regardait distraitement les agglomérations défiler, se défaire. Prenaient-ils leur mal en patience ? Mais quel mal ? Peut-être le vieil homme cherchait-il, en suivant l'itinéraire, une autre adresse où il conviendrait de s'arrêter, puisque c'était fichu pour la porte d'Auteuil. Mais il fallait préciser les choses et Joseph leur dit enfin, vous savez, tous ces gens, en fait, je les prenais *réellement* en pitié ; mes larmes, ce n'était pas simplement un dérèglement physiologique, ce n'était pas du tout un dérèglement ; les gens que je regardais et que je voyais, je pleurais réellement sur eux. Le vieil homme lui répond qu'il le comprend, oui, qu'ils l'ont compris depuis un moment, en fait depuis le début. *Tous*, sans exception, ajoute Joseph, et tous pour des raisons singulières et non pas sans discernement. Oui, oui, dit le vieil homme. Le vieil homme regarde pensivement par la fenêtre de la voiture, puis tourne les yeux vers son jeune compagnon qui s'est un instant endormi mais garde sur le visage cette beauté triste et ennuyée. Il soupire imperceptiblement. Oui, oui, dit le vieillard, vous pourriez être mon fils.

Je sais, dit Joseph, et c'est pour ça que j'ai un chien, un chien au sourire méchant ou peut-être simplement narquois. Contre mon triste sourire, j'ai échangé le sourire d'un chien.

Lorsque j'étais plus jeune, je détestais rencontrer, dans le cours de ma lecture, une adresse lancée par l'auteur à son lecteur. Le tutoiement m'y importunait, mais surtout cette façon de s'en prendre à moi, de me débusquer alors que je ne pouvais lire qu'en m'oubliant moi-même, de piétiner l'illusion que je suivais jusque-là avec délectation. J'y voyais une maladresse, même lorsqu'il s'agissait de faire une remarque destinée à relancer l'intrigue. Ce n'est donc pas sans réticence que je m'adresse à toi, lecteur, et qui plus est en te tutoyant. Voilà, Joseph s'apprête à recommencer le récit de ses aventures, petites et grandes, le vieillard et le jeune homme s'apprêtent à l'écouter, puisqu'ils ne peuvent rien faire d'autre, mais toi, lecteur, que veux-tu ? Sans doute es-tu lassé. Tu voudrais peut-être que ce taxi arrive finalement quelque part. Mais je te le dis, prends garde : il se pourrait que ce soit devant ta porte qu'il s'arrête bientôt et même que ce soit pour te voir que ces deux-là, Dieu et le Diable, un vieillard et un beau jeune homme cafardeux, se soient mis en route. Veux-tu être ce divertissement instructif qu'ils se promettent ? Qui pourrait les en détourner et empêcher que tu ne fasses, toi comme un autre, les frais de cette ironie céleste ? Ne faudrait-il pas une ruse ?

Ne voudrais-tu pas plutôt, alors, que tourne éternellement ce taxi, et que soit toujours reporté le moment où ils parviendront à destination, et que jamais ils ne puissent s'en prendre à qui que ce soit, qu'ils restent coincés et éternellement détournés de leur destination par un homme qui toujours pleure et qu'accompagne inséparablement une bête qui rit ?